D1149572

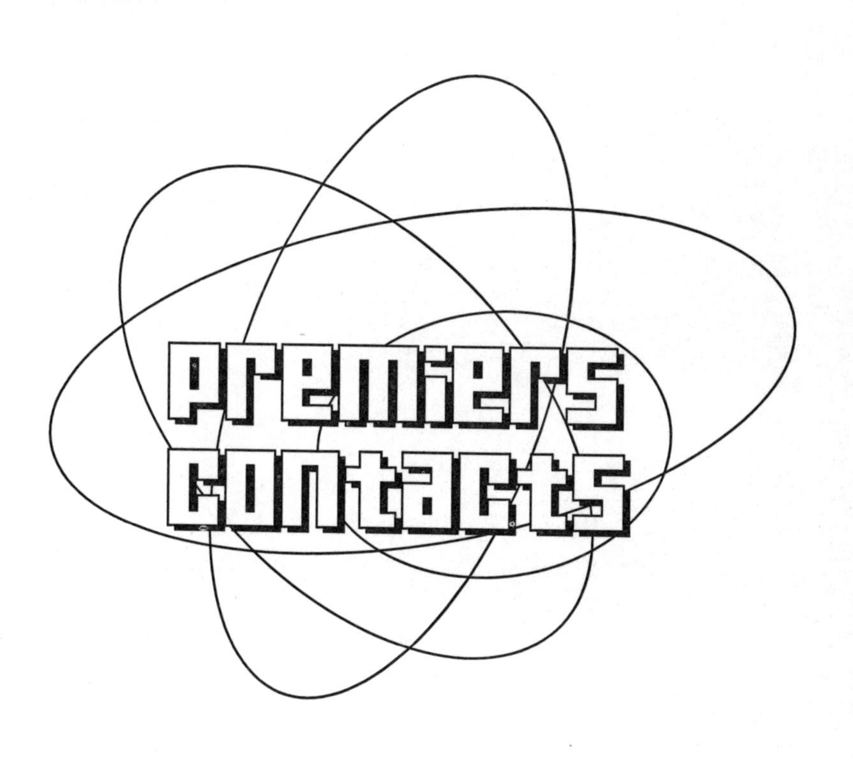
premiers
contacts

Collection dirigée par Denis Guiot
Couverture illustrée par Philippe Munch

Participation à l'ouvrage :
Chloé Chauveau et Dominique Montembault

ISBN : 2-7404-1922-8
Numéro d'édition : M05015
Dépôt légal : avril 2005

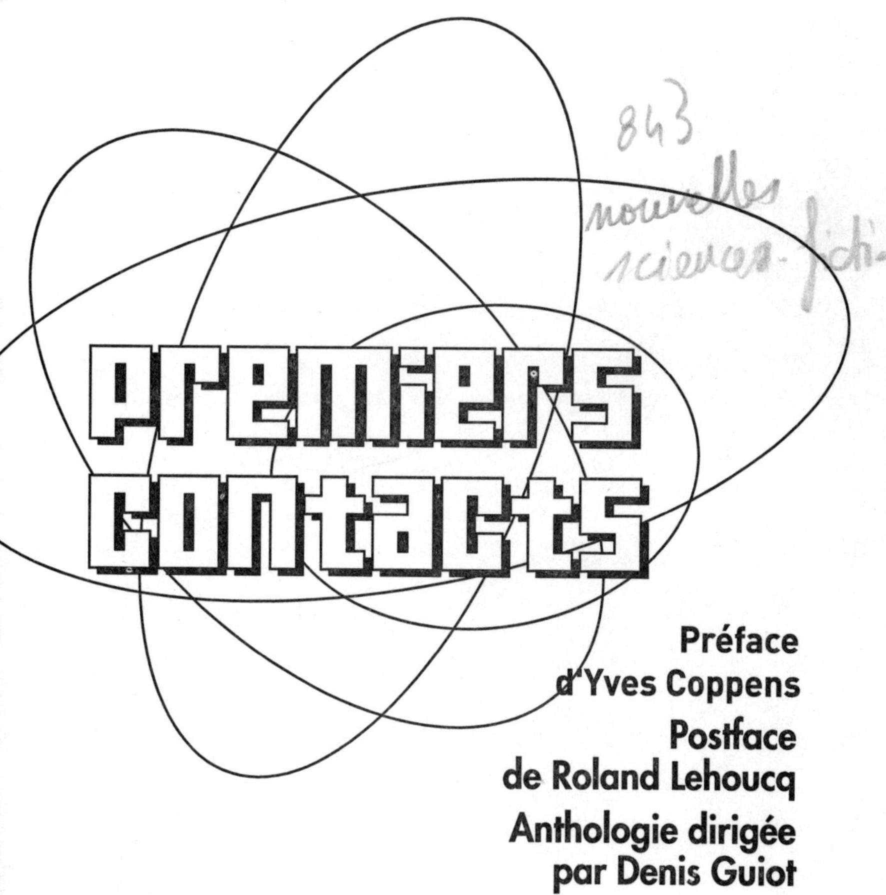

Premiers contacts

Préface
d'Yves Coppens

Postface
de Roland Lehoucq

Anthologie dirigée
par Denis Guiot

MANGO

Préface

Toi, l'archéologue, creuse ton trou (individuel) plus profond que tes camarades, tu en as l'habitude», me disait avec un humour un peu «militaire» mon adjudant durant le service du même nom! Et ma foi, il n'avait pas tort, mon adjudant; il est vrai que j'en avais déjà l'habitude, cette sale habitude d'aller chercher les premiers contacts avec les Autres en prenant le dur chemin de la profondeur de la terre. C'est sans doute en effet pendant ma toute petite enfance bretonne, à force de rencontrer à la surface les puissantes manifestations architecturales mégalithiques qui parsèment là-bas les bois et les landes, que mon imagination s'est mise en marche à la recherche de ces Autres d'avant, et puis bientôt de ces autres Autres d'avant avant, et qu'elle n'a eu de cesse de me les faire rencontrer au creux des archives du sous-sol. Tous ces face-à-face ont été jubilatoires, est-ce nécessaire de le préciser, riches de l'information qu'ils portaient pour de vrai et glorieux de ce que l'imaginaire y ajoutait pour de vrai(semblable).

Ces premiers contacts-ci, que j'ai l'honneur de préfacer, tous merveilleux dans l'extraordinaire et l'extravagant, vont se faire dans une autre dimension que celle que pratique l'archéologue, mais bien malin qui saurait démêler les sacs de nœuds que font, dans l'infini des mondes, les espaces et les temps rien que pour nous embêter.

Est donc Autre quiconque n'est pas soi. Il y a six milliards et demi d'Autres d'ici et d'ailleurs et il y a eu cent milliards d'Autres d'avant sans compter les petits Autres du monde vivant et les drôles d'Autres du monde minéral, pas si inerte que ça. L'Autre est donc particulièrement divers dans son âge, individuel ou géologique, son sexe, son contenant physique, son contenu moral, ses us et sa culture. Cette étonnante altérodiversité fait la fascination de chacun, fascination intellectuelle si l'Autre est un Étrusque, un Inca, voire un *Homo erectus* dont on a reconstitué la silhouette, fascination émotionnelle si l'Autre est une Autre (je parle pour moi) dont le sourire a séduit, fascination critique si l'Autre est un parent, un voisin, un étrange « étranger » dont on n'aime pas qu'il « suive une autre route que soi », fascination passionnelle si l'Autre a l'outrecuidance d'imaginer avoir raison en ne croyant pas à ce en quoi on croit... L'Autre est ainsi l'abcès de fixation du meilleur et du pire, l'objet du plus grand désir ou celui de la plus incroyable haine.

C'est en outre pour se défendre de l'Autre que chacun protège son moi, son moi prolongé (ses petits), son moi élargi (son groupe), au point parfois de se sacrifier soi-même. Mais c'est grâce à l'Autre que l'un existe, grâce aux autres mondes que celui-ci se distingue, grâce à l'Autre d'avant que je peux aujourd'hui secouer à l'infini la dualité des uns et des autres. Que serions-nous donc sans lui, l'Autre à nul autre pareil ?

Mais courez vite rencontrer les natifs d'Emrod et ceux d'Épicuria, la belle Ferniel et Waal, le super-prévôt, glissez-vous dans le tunnel de l'Abîme, régalez-vous des mélodies des élytres des Arthros, de toute façon « nous sommes les branches d'un même arbre » ; du premier quark d'il y a quinze milliards d'années au dernier-né des humains, nous sommes tous issus de cette même matière de notre univers qui n'a fait que se compliquer, s'organiser, se déployer depuis son commencement, et qui continue de le faire. Mais sans doute, au-delà de cet espace que nous percevons, au-delà de ce temps que nous mesurons, existe-t-il d'autres univers, d'autres matières, d'autres Autres, d'autres premières rencontres...

Yves Coppens

Né à Vannes en 1934, Yves Coppens est passionné par la préhistoire depuis son enfance. Il entre au CNRS à vingt-deux ans, et se consacre à l'étude des époques très reculées, le quaternaire et le tertiaire. Homme de terrain, il entreprend de nombreux chantiers de fouilles, en Afrique principalement. En 1974, avec Donald Johanson et Maurice Taïeb, il découvre un Préhumain nouveau appelé par eux *Australopithecus afarensis,* qui sera baptisé familièrement Lucy (en référence à la chanson des Beatles qu'ils écoutaient à ce moment-là, *Lucy in the Sky With Diamonds*). En 1983, il est élu titulaire de la chaire de paléoanthropologie et de préhistoire du Collège de France.

Yves Coppens est actuellement l'un des plus grands spécialistes français de l'évolution humaine.

À lire : *Le Genou de Lucy*, Odile Jacob, 1999 ; *L'Odyssée de l'espèce,* éditions EpA, 2003 ; *Homo sapiens,* Flammarion, 2004.

Site : http://www.hominides.com/html/biographies/yves_coppens.html

L'Autre

Manon Fargetton

Née en 1987 et habitant Saint-Malo, Manon Fargetton est la benjamine — et de loin! — de la famille « Autres Mondes ».

Mais ne vous méprenez pas sur son apparence de petit elfe. Fille du vent et des vagues, Manon est malouine jusqu'aux tréfonds de l'âme. Elle porte en elle tous les rêves d'ailleurs de la cité corsaire, mais aussi le mystère du vaisseau de pierre.

Son présent est fait de musique (elle joue du violoncelle depuis l'âge de sept ans, ainsi que des percussions), de mots (son premier poème date du cours préparatoire), d'embruns (elle pratique la planche à voile avec fougue)... et de cours au lycée (c'est l'année du bac : Manon est en terminale S, option bio).

Elle aimerait que son futur soit fait de lumière (elle désire être éclairagiste), d'Afrique et d'Irlande, un continent et un pays qui la fascinent, et d'autres voyages, sans oublier qu'on ne part que pour mieux revenir.

L'Autre *est le premier contact littéraire de Manon, qui sera suivi, début 2006, par la parution dans la collection « Autres Mondes » de son premier roman,* Aussi libres qu'un rêve, *un titre à l'image de l'auteur!*

La quête de l'Autre exprimée dans les vers qui suivent a des accents adolescents — Manon écrit avec son âge et avec son cœur, et c'est heureux — tout en étant universelle. Ce chant de fraternité cosmique donne le la *à cette anthologie.*

Nous sommes les branches d'un même arbre agité par le vent,

Les gouttes d'une même vague qui parcourt l'océan,
Les plumes d'une même aile qui plane dans le lointain,
Le ciel et la terre, les doigts d'une même main,
Les notes d'un même accord, le même rêve pour deux corps...

J'ai toujours recherché, à l'instinct, au hasard,
Ceux que je comprendrais d'un geste ou d'un regard,
Ceux qui me guideraient, m'éclairant tel un phare.
Je ne les trouvais pas et restais à l'écart,

Murmurant étonnée : « Mais où sont-ils vraiment ?
À des années-lumière, ou bien juste à côté ? »
Alors je dirigeais mes yeux vers le néant,
Bercée par les ténèbres, je rêvais de voler.

Le front sur la fenêtre je voyageais sans lien,
Observant tous les soirs les astres de la nuit,
Cherchant dans l'encre noire le signe d'autres vies,
Le signe d'une peuplade qui me tendrait la main.

À chaque fois ton image s'imposait à moi,
Toi l'Autre, toi l'ami qui chasserait mes peurs.
Parfois même dans le soir, je percevais ta voix,
Et ton chant de cristal me berçait en douceur.

J'en ai parlé une fois, mais ils ne m'ont pas crue,
Se sont moqués de moi, de mes rêves mis à nu.
Les rires m'ont transpercée telles des flèches enflammées,
Jamais les cicatrices ne se sont refermées.

Je me suis tue alors en attendant mon heure,
Ne disant plus un mot et refermant mon cœur.
Malgré mes peurs tenaces, j'ai dompté les fusées,
Pour être cosmonaute et vers toi m'envoler.

Sur quel monde mystérieux, sur quelle étrange planète,
Va demain me mener ma belle et longue quête ?
Qu'importe puisque je sais qu'elle m'emporte ailleurs,
Vers un peuple inconnu, mais vers une âme sœur.

Demain je fends l'espace, demain je vais partir.
Ma fusée est fin prête, encore une fois j'admire
Cette voûte étoilée qui m'a tant fait rêver,
Demain je fends l'espace pour enfin te trouver.

Qu'importe tes différences, qu'importe ton apparence,
Tu sauras me montrer ce qu'est l'humanité.
Ce départ s'offre à moi comme une nouvelle chance :
Je quitte une vie déserte pour apprendre à aimer.

Je plonge mes yeux clairs dans les points qui scintillent.
Je sais que tu es là, quelque part dans la nuit.
Cette étoile tout là-haut brille d'une tendre lueur,
C'est ton clin d'œil complice pour réchauffer mon cœur.

Je murmure en moi-même ton chant universel,
Réminiscence qui monte du fin fond de mon être :
Souvenir d'une enfant solitaire et rebelle,
Cette mélodie toi seul sauras la reconnaître.

J'ai hâte de sentir nos mains se rencontrer
Pour panser nos blessures et nous apprivoiser.
J'ai si hâte d'entendre nos deux voix se mêler,
Pour écouter ces notes vibrer et s'envoler,

Vers tous les autres mondes, vers tous les autres Autres…

L'Enfant et l'Abîme

Danielle Martinigol

Danielle Martinigol est née en pleine période des vendanges 1949, au cœur des grands vignobles bourguignons. Enseignante depuis 1972, elle quitte la Bourgogne en 1979 pour un poste en région parisienne. Elle y reste pendant dix-huit ans avant de revenir dans le Beaujolais. Elle enseigne désormais à Mâcon.

Fan de science-fiction depuis l'âge de onze ans, elle décide d'écrire — tout d'abord pour ses deux enfants, puis pour ses élèves — un roman de science-fiction sur le thème de l'écologie, qui lui est cher : L'Or bleu *(1989). Suivront* Les Soleils de Bali *(1993) et* Les Oubliés de Vulcain *(1995).*

En collaboration avec Alain Grousset, Danielle publie en 1994, sous le pseudonyme de Kim Aldany, Les Mange-Forêts *(qui, vu son succès, deviendra la série* Kerri et Mégane*), puis, sous leur double nom,* L'Enfant-Mémoire *(1996).*

Très préoccupée par le devenir de notre planète, elle a participé aux anthologies de la collection « Autres Mondes » : Graines de futurs *(2000) et* Demain la Terre *(2003).*

Splendide space opera *romantique et écologique, doublé d'une critique aiguë des médias, la trilogie des Abîmes (*Les Abîmes d'Autremer, *2001 ;* L'Envol de l'Abîme, *2004 ;* L'Appel des Abîmes, *à paraître en octobre 2005) décrit la fascinante et sensuelle relation qui s'installe entre l'homme et ces étranges créatures que sont les Abîmes.*

L'Enfant et l'Abîme *se déroule au tout début de la colonisation de la planète Autremer.*

Andjo ! Qu'est-ce que c'est que ça ?

Alexine tenait du bout des doigts un récipient transparent dans lequel tournait en rond un poisson étrange à tête d'hippocampe.

— Andjo !

Une voix répondit de la pièce voisine.

— Ne te fatigue pas. Il n'est pas là.

— Où est-il ?

— Où veux-tu qu'il soit ? Dans les rochers comme d'habitude, dans son fauteuil de prince comme il dit.

— Tu vas voir ce qu'il va prendre tout à l'heure quand je dirai à papa qu'il apporte des bestioles de l'océan dans la zone T.

— Qu'est-ce que tu as trouvé encore ?

La tête blonde et frisée d'Adrielle apparut dans l'embrasure de la porte. La jeune fille examina ce que sa jumelle maintenait le plus loin possible à bout de bras.

— Ah... ça... dit-elle. C'est un hippovoile ! Ce n'est pas dangereux du tout. Je ne vois pas pourquoi tu fais tout un drame.

— Toi, gronda Alexine, tu es toujours prête à défendre Andjo et ses sales manies de rapporter au module tous les trucs qu'il ramasse. Quand papa le saura…

— Les trucs en question, comme tu dis, sont des animaux en général plutôt sympas et jolis. Regarde celui-là, il est tout mimi avec sa petite tête de cheval miniature et ses grandes nageoires translucides.

— Il a aussi un dard au bout de la queue, je te signale. Et personne ne sait s'il ne libère pas un venin mortel.

Haussant les épaules, Adrielle fit demi-tour et repartit vers les chambres du module. Elle eut un geste fataliste en direction de sa jumelle.

— Tu vois le mal partout. Désormais, nous vivons ici. Il faudra bien que tu finisses par admettre qu'Autremer est maintenant notre monde et que ses animaux ne nous en veulent pas obligatoirement à mort !

— Va dire ça à Bélix ! lança Alexine tout en jetant le récipient transparent et son élégant contenu dans le broyeur domestique.

Avec un bruit de succion écœurant, l'appareil réduisit plasverre, eau et hippovoile en molécules javellisées.

— Elle te montrera les holos de Licu à l'agonie après avoir été happé par le squalanha !

Adrielle soupira en fermant la porte derrière elle. Décidément, sa sœur avait le don d'appuyer là où ça faisait mal. Quelques larmes montèrent aux yeux de la jeune fille. Licu… son tendre Licu, le frère de sa meilleure amie, mort six mois plus tôt, un mois jour pour jour après leur installation sur Autremer, victime de l'un des pires prédateurs du monde-océan. Mais fallait-il pour autant refuser toutes les beautés de cette planète ?

Elle jeta un coup d'œil par le hublot du module servant de fenêtre à cette partie de la « maison ». Le soleil couchant plongeait dans ses propres reflets rosés sur le ressac visible au loin. La zone T (T pour terraformée) ne laissait qu'un étroit couloir d'accès jusqu'à la plage, s'enfonçant entre des amas désordonnés de rochers qui défendaient l'accès à l'île Zabée. Cela n'empêchait pas son petit frère de s'y aventurer régulièrement.

— Andjo, murmura-t-elle, à mon avis, après le coup de l'hippovoile atomisé, il vaudrait mieux que tu rentres avant la nuit.

*

* *

C'était pourtant l'heure que préférait l'enfant. Il avait élu domicile dans un repli de la roche qui lui faisait comme un siège naturel avec assise, dossier et même accoudoir. Il appelait secrètement cet endroit son fauteuil de prince ! Enfin, pas si secrètement que ça, car il en avait parlé à Adrielle, sa sœur préférée et de loin. Alexine était moins gentille. Elle avait d'emblée pris la place tutélaire de leur mère décédée mais, au contraire de leur mère, elle était autoritaire. Face à cela, Adrielle protégeait instinctivement son petit frère en l'entourant d'un amour espiègle. Quant à leur père... Ah... leur père...

Andjo soupira. Le soleil d'Autremer, qui n'avait pas encore d'autre nom que son matricule stellaire d'upsiyellow 547 in Cygnis, avait plongé depuis un moment déjà derrière la ligne d'horizon. Et malgré la certitude de la remontrance — si ce n'est même de la correction qui l'attendait au module —, Andjo restait assis dans son fauteuil. Il contemplait le théâtre magique que lui offrait ce nouveau monde. L'air était d'une pureté si tangible, si iodée, si… nouvelle, qu'il ne se lassait pas d'inspirer à pleins poumons. Ses mains caressaient sur ses genoux un bébé phogouin qu'il avait apprivoisé, jour après jour, lorsqu'il avait compris que l'animal était orphelin. Kiloo — ainsi l'avait-il baptisé — émettait un petit bruit de gorge qui n'était pas loin du ronronnement d'un chat. Andjo eut une pensée émue pour l'autre Kiloo, le chat qui avait accompagné sa toute petite enfance sur la Terre, à l'autre bout de la galaxie. Sa planète natale était en proie aux guerres de l'eau et à la pollution quand ils l'avaient quittée, et rien ne semblait pouvoir la sauver de la catastrophe.

Se battre pour de l'eau ! Andjo hocha la tête. Dire qu'il y en avait tant ici ! « Les eaux d'Autremer seront l'avenir de la Terre ! » scandaient les slogans colonialistes. Nombreux avaient été ceux qui y avaient cru. Et ils étaient partis. S'entassant dans les trains de vaisseaux colonisateurs de la compagnie E-Trans. E comme expansion, comme exploration… ou comme évasion… « Plutôt exploitation ! » grondait souvent Werner Maguelonne autour de la table familiale. Devant le repas préparé par Alexine, l'œil narquois d'Adrielle clignait alors en direction d'Andjo.

— Parfaitement ! s'énervait le père tout seul. Nous devions venir en nombre limité, mais E-Trans n'arrête pas de débarquer des colons qui n'ont plus rien à voir avec les profils exigés. Dire que nous n'avons même pas eu le temps d'explorer l'océan et qu'il y a déjà plus de mille zones T.

Andjo se leva, quittant à regret son fauteuil de prince. Il posa délicatement Kiloo dans une anfractuosité du rocher où il lui avait aménagé un nid d'algues sèches. Il gratouilla le crâne duveteux du bébé phogouin et lui promit de revenir le lendemain.

Alors qu'il jetait un dernier regard sur le large, une distorsion lumineuse apparut dans le ciel, loin vers l'est. Le cœur d'Andjo bondit. Irrésistiblement, il avança de plusieurs pas, comme attiré vers cette étrange source de lumière. Un orage troposphérique… Ainsi son père et ses amis nommaient-ils ce phénomène unique, observé nulle part ailleurs. « Un phénomène naturel inexpliqué, disaient les adultes. On en saura plus un jour. »

Mais Andjo ne pensait pas comme eux. À plusieurs reprises déjà, il avait eu l'occasion de voir cet étrange phénomène et, chaque fois, il avait éprouvé la même fascination. Ce n'était pas un banal orage, même d'un genre nouveau. Il en était sûr et certain depuis le premier instant où il en avait vu un… hélas, pour son plus grand malheur.

*

* *

— *Stase imminente,* hurlaient les haut-parleurs du vaisseau 26.

Marvina Maguelonne regarda autour d'elle. Où était Andjo ? Depuis une demi-heure, le gamin se comportait bizarrement. Était-ce l'effet des stases, ces plongées successives dans l'hyperespace, qui le perturbait ? Entre deux stases propulsant la grappe de vaisseaux colonisateurs à des années-lumière, les arrêts étaient de douze heures environ, le temps que les médics de chaque vaisseau contrôlent l'état physique, et surtout mental, des dix mille colons entassés avec enfants et bagages dans les modules.

Depuis quelque temps déjà, on savait comment corriger l'effet Benest qui affectait certains humains lors des plongées dans l'hyperespace. Malgré tout, les médics tenaient à vérifier si tout le monde se portait bien. Le flux de la stase pouvait endommager les cellules cérébrales de certaines personnes. Il fallait absolument que le corps humain ait deux points de contact avec la coque métallique du vaisseau — les mains et les pieds, par exemple —, ainsi le flux s'écoulait-il sans laisser de séquelles.

— *Stase imminente. Tenez-vous debout, les pieds au sol, et accrochez vos mains aux poignées murales,* ordonnèrent les haut-parleurs réglés à la puissance maximale.

Chrone ! Où est Andjo ?

Au bout d'un couloir, Marvina aperçut enfin son fils. Il était debout devant un hublot rectangulaire, le front collé contre le plasverre, les mains serrant les montants métalliques.

— Andjo ! cria-t-elle tout en courant vers l'enfant. La stase...

Il tourna la tête. Sa mère était encore à une dizaine de mètres de lui.

— Regarde, maman ! Là-bas, dehors, la lumière... elle m'appelle.

Quoi ? Qu'est-ce que...

À travers le hublot, au-dessus des cheveux de son fils, Marvina découvrit un tourbillon lumineux, une distorsion étrange, gigantesque, comme une spirale iridescente avec en son centre une forme immense aux contours indistincts. Jamais Marvina n'avait vu une chose pareille. Un phénomène inconnu ? Le visage d'Andjo tourné vers elle rayonnait d'émerveillement. Tout en avançant, Marvina se dit que quoi que fût cette lumière, elle donnait à son fils un sentiment de bonheur inouï.

— *Stase !* hurla le haut-parleur.

Marvina fut instantanément clouée sur place.

Les dernières images que perçut la jeune femme furent les mains de son fils, toujours accrochées à la paroi du vaisseau, et les pieds de l'enfant solidement ancrés sur le sol. Des larmes amères n'eurent même pas le temps de monter à ses yeux. En face d'elle, le regard d'Andjo, si radieux une seconde auparavant, se voila soudain de terreur. Immobilisée à quelques mètres de son fils au milieu de la coursive, loin de toute poignée protectrice, Marvina Maguelonne sentit d'un coup le flux de la stase lui griller le cerveau.

*

* *

— J'ai vu une lumière dans le ciel, tout à l'heure.

La voix d'Andjo était encore secouée de petits sanglots.

— Tais-toi, je t'ai dit ! gronda son père.

— Mais j'ai vu une lumière…

La gifle vola. Une main puissante arrêta le bras de Werner Maguelonne.

— Laissez-le, intercéda Naïk. Je crois qu'il a son compte pour ce soir.

Werner lança un regard noir au chef de zone. C'était lui qui aurait dû être le plus sévère avec tous les gamins des modules qui couraient partout dans l'île Zabée, hors zone T, mais Naïk était comme eux finalement, séduit par les lieux, fasciné par les mystères d'Autremer.

— Ça n'apporte que le malheur, rugit Maguelonne.

Nul ne répondit, ni les jumelles ni Naïk, venu à l'improviste chez les Maguelonne. Le chef de zone était tombé en pleine séance de correction. Les motifs annoncés étaient : introduction d'animaux non identifiés en zone protégée, retard pour l'heure du dîner et virtuécole buissonnière pour une partie de l'après-midi. Andjo avait eu beau arguer qu'il avait fini ses exercices avant de quitter le module, son père ne l'avait pas cru. De toute façon, le motif profond, enfoui, refoulé de la haine que Werner semblait éprouver pour son fils, tout le monde le connaissait. Anéanti par la mort de sa femme, il n'avait jamais su pardonner à l'enfant sa passion pour ces phénomènes étranges.

— Il n'y a pas de lumière bizarre ! asséna Werner. Pas plus ici que dans l'espace.

— Si ! rétorqua Andjo. Maman l'a vue, je te dis que maman l'a vue avant de...

Cette fois Naïk ne fut pas assez rapide. La main claqua sur la joue d'Andjo, qui recula, les yeux brûlants de fièvre. Le petit garçon lança un regard implorant à ses sœurs. Alexine se tenait bras croisés et le toisait, image même du reproche incarné. Adrielle se mordait les lèvres, pâle et impuissante, les poings serrés au fond de ses poches. Lorsque Andjo sentit la porte du module s'ouvrir dans son dos, il prit sa décision dans la seconde.

— Je m'en vais, cria-t-il. J'irai jusqu'au bout du monde, je ferai le tour de l'océan s'il le faut, mais je trouverai d'où vient cette lumière.

Il bouscula Denys et Sabelline, son oncle et sa tante qui entraient, et disparut dans la nuit. Si Naïk et les autres n'avaient pas été présents, Werner aurait couru dehors illico pour ramener son fils par la peau du dos, mais le chef de zone fit barrage.

— Il va revenir, dit-il. Où voulez-vous qu'il aille ?

Pourtant, deux heures plus tard, tandis que brillaient les feux des nouvelles constellations auxquelles les colons commençaient seulement à s'habituer, Andjo Maguelonne n'était toujours pas rentré. Ni pendant la nuit, alors que tout le monde battait la zone en l'appelant, ni le lendemain matin lorsque Denys s'aperçut que son bateau avait disparu.

*
* *

Pour la vingtième fois, Andjo se dit qu'il aurait dû prendre au moins de l'eau. Recroquevillé au fond de la grande barque de pêche, il était transi et assoiffé. Il avait tant pleuré, debout à la barre dans la nuit, que ses larmes l'avaient aveuglé et qu'il ne savait même pas dans quelle direction il était parti. Il avait piqué vers le grand large, tout droit pendant plus d'une demi-heure. Quand il avait réagi et s'était retourné pour regarder les côtes de Zabée, il n'avait vu que de l'eau à perte de vue. D'un coup, la panique l'avait saisi. Il avait ralenti le moteur un peu trop brusquement, avait calé et s'était trouvé dans l'incapacité de le remettre en marche.

Depuis, il dérivait. Avec frénésie, il avait exploré les moyens du bord, mais l'embarcation de Denys était une simple barque de pêche, juste un moteur sur une longue coque de plastique. Andjo savait piloter car le pêcheur avait emmené son neveu, un jour, en promenade autour de l'île Zabée. Elle était si petite, cette île. Un grain de beauté marron sur l'épiderme bleu de la planète-océan. Comme des millions d'autres îlots sur ce monde, ce petit lopin de terre émergée avait été investi par les humains pour s'y installer, provisoirement car chacun savait que les tempêtes géantes de la planète-océan obligeraient tout le monde à se glisser bientôt sous la surface des eaux pour construire les villes futures.

Soudain, alors qu'il claquait des dents, les bras repliés autour de la poitrine, Andjo vit très haut dans le ciel la fameuse lumière qui lui valait d'être naufragé volontaire. Instantanément, l'enfant ne sentit plus la fatigue, ni la faim ni le froid. Il se releva et s'accrocha au rebord de la barque. Le menton plaqué contre le plastique, il dévora des yeux le phénomène. C'était comme un cône brillant qui s'ouvrait pour laisser place à une immense silhouette en son centre. Bouche bée, Andjo vit apparaître une forme oblongue gigantesque qui descendait de l'azur dans sa direction !

Dans une gerbe d'écume, la masse d'un blanc argenté se posa sur les crêtes de la houle et s'immobilisa. Andjo se mit sur la pointe des pieds pour mieux examiner ce qui venait de fondre du ciel à un kilomètre de lui. Les yeux lui sortaient de la tête. Bientôt, force lui fut de constater que la chose ne restait pas immobile. Imperceptiblement, sans faire de remous autres que les clapotis de la houle, la masse blanche s'approchait de la barque, glissant à la surface d'Autremer en habituée de cet univers liquide.

Alors Andjo eut peur. Très peur. Il recula, trébucha contre le banc qui coupait la barque en deux, tomba à la renverse, et c'est ainsi, les fesses baignant dans la saumure, qu'il vit grandir devant lui une paroi frémissante occultant le ciel. La chose se présentait de profil, mais, tournant légèrement vers la droite, elle dévoila à l'enfant une partie claire cerclée dans la chair blanche, une zone translucide qui palpitait.

Sans savoir comment, l'enfant comprit que cette... chose le regardait. Il comprit aussi qu'il ne courait pas de danger, même si, en avançant de quelques mètres de plus, l'animal — *l'animal?* — n'aurait eu aucun problème pour faire chavirer la frêle embarcation. Malgré tout, le cœur d'Andjo battait à tout rompre, le jeune garçon se mordait les lèvres et se tordait les mains, surtout lorsqu'il vit s'ouvrir au ras de l'eau un orifice dans la paroi. Ça ressemblait à l'entrée d'un tunnel contre laquelle venait s'écraser le clapotis de la houle. S'approchant de plus en plus, l'immense corps se positionna jusqu'à mettre l'orifice juste en face d'Andjo dans la barque. Qu'est-ce que ça signifiait? Le trou n'était plus qu'à quelques brasses de lui, mais l'enfant s'accrochait désespérément à l'embarcation, levant des yeux effrayés vers la masse immense de chair argentée qui le dominait.

Soudain, il ressentit quelque chose au fond de lui. Une sensation étrange, pas comme des mots mais comme une sorte d'invitation dans son esprit, un... appel.

— Non, non! cria le petit garçon en se mettant à trembler.

Il alla se cacher à l'avant de la barque, là où un petit espace en pointe constituait un abri dérisoire. Il aurait voulu fuir à l'autre bout du monde, loin, loin de cette sensation, la même que celle qu'il avait ressentie dans le vaisseau de la grappe E-Trans, la même que celle qui l'avait attiré loin de sa famille, celle qui avait causé la mort de sa mère.

Mais l'animal gigantesque ne l'entendait pas de cette façon. Il ne voulait pas que l'enfant fuie. Une langue de chair jaillit de la masse argentée et vint heurter la coque de la barque. Andjo hurla. L'embarcation tangua, une fois, deux fois, et brusquement chavira. Englouti dans l'eau glacée, Andjo fut pris d'une panique totale. Il battit frénétiquement des pieds et, tirant sur ses bras de toutes ses forces, se propulsa vers la surface. Il émergea entre deux vagues, aspira goulûment l'air iodé, passa une main rapide sur ses yeux pour en chasser les gouttes et jeta un regard autour de lui.

La muraille énorme était à portée de main, avec son orifice ouvert sur un tunnel paisiblement éclairé d'une lueur rosée. Jetant des regards désespérés aux alentours, il constata que la barque avait disparu. Une vague plus forte que les autres lui éclaboussa le visage, lui coupant le souffle. Alors, en désespoir de cause, il fit quelques brasses en direction du tunnel de chair. Il s'accrocha au rebord et, dès que ses mains se posèrent sur cette étrange matière élastique, une excroissance se créa sous lui et le souleva, le propulsant à l'intérieur. Il glissa sur le ventre dans le tunnel au milieu d'éclaboussures d'eau salée. Se rétablissant tant bien que mal, il se retrouva assis sur un sol tiède et souple. Une pente douce se créa, expulsant l'eau de mer à l'extérieur et, sous les yeux stupéfaits d'Andjo, comme une paupière qui se ferme, l'orifice disparut. Dans un silence ouaté, le petit garçon comprit qu'il était maintenant enfermé à l'intérieur de la bête.

*
* *

La fatigue avait eu raison d'Andjo. Allongé à même le sol confortable du tunnel de chair, il s'était endormi d'épuisement. Lorsqu'il rouvrit les yeux, il ne sut combien de temps s'était écoulé. Son corps n'était pas reposé. La faim le taraudait, la soif aussi. Il se mit debout et chercha des repères. Les parois, d'un rose doré, émettaient une étrange lueur qui ne semblait pas devoir s'éteindre. Il ignorait de quel côté était la « porte » qui s'était refermée derrière lui. À droite comme à gauche, un opercule faisait barrage. Il avança sur sa droite, rien ne se passa jusqu'à ce qu'il touche l'obstacle. Faisant demi-tour, il avança dans l'autre sens, et là, à sa complète stupéfaction, la paroi disparut et le tunnel se prolongea comme à l'infini en une pente douce montante. Se retournant, il se dit que l'extérieur était donc de ce côté et que devant lui s'ouvrait le chemin vers les profondeurs du corps gigantesque.

Il marcha, marcha, incapable de dire quelle distance il parcourait, jusqu'au moment où il déboucha dans un espace plus large, au centre duquel trônait une masse ronde translucide. Il s'approcha, regarda à travers comme si c'était un mur d'eau et distingua vaguement l'horizon infini de l'océan d'Autremer. La panique lui griffa le ventre. Où était-il ? Allait-il rester prisonnier ainsi au milieu de l'océan ? Mourir ? Des larmes coulèrent sur ses joues. Il n'eut même pas le réflexe de les essuyer. Elles arrivèrent à ses lèvres.

— Maman… murmura-t-il.

Il sanglota de longues minutes. Jamais il n'avait pleuré après avoir assisté à la mort de sa mère. En état de choc, il n'avait prononcé que quelques paroles disant qu'une lumière l'avait appelé et que sa mère n'avait pas eu le temps d'attraper une poignée de stase. Son père ne l'avait plus jamais serré contre lui.

— Tu m'as pris ma maman… continua-t-il. Il grelottait et, tout en pleurant, il retira ses vêtements encore mouillés, espérant qu'ils sécheraient. Pourquoi ? Pourquoi ? hurla-t-il soudain en se précipitant les poings levés pour frapper la masse translucide en face de lui.

Contre toute attente, ses poings pénétrèrent de vingt bons centimètres à l'intérieur de la bulle. Il voulut les retirer... en vain. Paniqué, il se sentit soudain attiré à l'intérieur de cette masse transparente. Croyant étouffer, il bloqua sa respiration, mais dut bientôt se résoudre à inspirer. Un air frais envahit ses poumons. Il était comme dans un cocon, câliné de toutes parts. L'étrange matière transparente le serrait de près et, regardant devant lui, il scruta à nouveau l'extérieur. Il se dit qu'il était dans l'œil de la bête.

Étonné, il constata que, maintenant, il voyait tout avec une incroyable netteté et là, devant lui, il reconnut la silhouette de l'île Zabée, posée sur les eaux turquoise. Lentement, l'animal approchait de la côte. Une flottille était amarrée dans l'anse où débouchait le couloir de la zone T. Sur une hauteur, un conciliabule avait lieu. Des silhouettes humaines étaient en train d'élaborer des plans de recherches pour tenter de retrouver Andjo.

Le petit garçon sut que son immense sauveur allait le ramener jusqu'à l'extrême limite de ses possibilités. L'eau était profonde près de la côté abrupte de l'île volcanique, mais l'animal ne pourrait pas s'approcher jusqu'aux rochers. Andjo sut qu'il devrait quitter le nid douillet où il avait trouvé refuge pour redescendre vers le tunnel qui s'ouvrait à nouveau pour lui.

Au moment où, faisant demi-tour, il allait s'extraire de l'œil de l'animal — pas vraiment un œil, en fait, un mélange de cerveau et d'œil plutôt —, Andjo se ravisa. Il approcha sa bouche tout près de la paroi et murmura :

— Maman doit être contente que nous nous soyons retrouvés.

Un rugissement sourd et profond, comme une sorte de voix grave et vibrante, retentit dans les profondeurs du corps de l'animal. Andjo assimila cette réponse à un acquiescement.

— Je suis heureux, moi aussi, ajouta-t-il.

Un flot d'amour lui vint en retour. Une sensation étrange de paix, la certitude de ne plus jamais ressentir le terrible sentiment qui lui broyait le cœur depuis des mois. L'animal lui faisait comprendre qu'il ne serait plus jamais seul. Andjo en eut les larmes aux yeux.

Il caressa de sa joue la paroi translucide autour de lui.

— Merci, dit-il, la gorge nouée.

Puis il sortit de la bulle, se rhabilla, et courut tout le long du couloir qui s'ouvrait devant lui au fur et à mesure de sa progression.

*

* *

Werner Maguelonne était livide. Adrielle et Alexine, en bottes et ciré, avaient arpenté en vain, avec d'autres, les moindres recoins des rochers de Zabée. Naïk et Denys avaient fait trois fois le tour de l'île par la mer. Des marins étaient partis dans toutes les directions sans succès. L'angoisse du père faisait pitié à tous ceux qui l'entouraient.

Un cri de stupeur alerta tout le groupe. Chacun se tourna dans la direction indiquée par un doigt tendu vers le large. L'immense masse immaculée glissant sur les eaux pour venir à eux les figea. Certains reculèrent, mais la plupart, médusés, ne bougèrent pas. Abasourdis, ils regardaient cette silhouette impressionnante avancer vers la côte. Ils virent des éclairs brillants dans une bulle étrange à l'avant de la masse oblongue, puis la silhouette s'immobilisa et, dans un mouvement fluide et un extraordinaire silence hormis le clapotis des vagues sur les rochers, elle présenta son flanc droit à la vue des humains réunis sur la côte. Un orifice s'ouvrit et presque aussitôt, tout au bord, une minuscule silhouette apparut au ras des flots. Levant les deux bras, l'enfant faisait de grands signes.

— Andjo ! s'écria Werner.

Premier à réagir, il dévala la pente et sauta dans le hors-bord le plus proche. Il démarra pleins gaz. Creusant un long sillon d'écume, le bateau fila en direction de l'ombre faite par la forme gigantesque. Coupant le moteur, Werner laissa l'embarcation aborder doucement sur son erre. L'homme tendit les bras et reçut avec une joie infinie son fils contre son cœur. Le petit garçon lui serra le cou en répétant de façon saccadée :

— Pardon, papa, pardon…

— Plus jamais, tu m'entends, ne dis plus jamais ça… balbutia le père en embrassant l'enfant dans les cheveux. Ce n'était pas de ta faute, absolument pas. C'est moi, moi… Elle m'avait demandé à moi, *à moi,* de te surveiller.

Andjo n'écoutait plus. Il s'était retourné vers la bête et, se dégageant de l'emprise de son père, tendit la main vers le rebord de la paroi de chair. Lorsque la petite paume effleura le grand corps, un festival de couleurs rosées illumina l'entrée du tunnel. Werner avança la main, lui aussi. L'effet lumineux fut moins important, mais une chaleur surprenante lui enflamma la paume. Il en ressentit une joie profonde. Le pore ouvert devant eux commença à se refermer.

— Il va partir, dit Andjo avec l'expression d'un intense regret.

Comprenant qu'il fallait s'éloigner, Werner remit le moteur en route et rejoignit la plage. La quille avait à peine touché le fond que le père et le fils bondirent sur le sable, aussitôt rejoints par les jumelles, et regardèrent en direction du large.

L'immense silhouette s'éloignait, filant plein ouest, prenant de la vitesse, de plus en plus de vitesse. Le sillage que l'animal traçait dans les flots était énorme, un remous formidable, preuve d'une puissance inégalée. Et soudain il décolla.

Des cris de stupeur jaillirent d'un peu partout sur la plage de Zabée. Chacun mettait la main au-dessus des yeux pour suivre la trace fulgurante que l'animal laissait derrière lui dans le crépuscule naissant. Lorsque la distorsion se produisit, Andjo se détacha de ses deux sœurs qui le serraient contre elles et, debout au bord des vagues, il dit simplement :

— La lumière…

Le ciel se déchira et l'immense animal disparut, emporté par la stase, vers une destination connue de lui seul, à des années-lumière de là.

— Il est parti ? demanda Denys.

— Il reviendra, affirma Werner.

Une scène s'imposa à sa mémoire. La première fois qu'il avait contemplé l'espace profond avec Marvina, ils étaient tout contre la baie vitrée du vaisseau d'E-Trans qui les emportait vers leur nouvelle vie. Leurs trois enfants se serraient près d'elle. Ses trois A, comme elle les appelait, ses trois As : Andjo, Alexine et Adrielle. Glissant sa main dans celle de son mari pour entrecroiser leurs doigts, elle avait dit : « Autrefois, l'espace était le seul domaine des dieux. Maintenant, nous y sommes. Les abîmes du ciel sont à nous. Les abîmes du ciel nous protégeront. »

Les abîmes du ciel… *Les Abîmes*…

— Qu'est-ce que c'était ? murmura Naïk, brisant

comme à regret le silence stupéfait de tous autour d'eux.

Werner fit quelques pas et posa ses mains sur les épaules d'Andjo, toujours debout au ras de l'eau. Le petit garçon recula et, s'appuyant contre son père, leva un regard passionné vers cet homme dont il avait tant attendu le pardon.

— C'était un... commença l'enfant.

— ... un Abîme, dit son père, les yeux perdus dans la direction où l'immense animal venait de disparaître. Le premier Abîme d'Autremer venu nous protéger, poursuivit Werner Maguelonne. Et il y en aura d'autres, beaucoup d'autres...

À l'horizon, émergeant des eaux, la première des deux lunes, qui n'avait pas encore de nom, dessina un point d'orgue à ces prémices d'avenir.

Arthro

Joëlle Wintrebert

Née en 1949 à Toulon, Joëlle Wintrebert vit du côté de Montpellier. Elle est tour à tour auteur, critique, anthologiste et scénariste ; difficile de la faire entrer dans une seule boîte tant elle a touché avec talent à de multiples domaines ! Après des études supérieures de lettres et de cinéma, elle se tourne d'abord vers l'audiovisuel, puis le journalisme l'accapare et elle devient, entre autres, rédactrice en chef de la revue Horizons du fantastique *en 1975. En 1980, elle publie son premier roman,* Les Olympiades truquées, *et obtient le prix Rosny Aîné pour sa nouvelle* La Créode.

*L'année suivante, elle décide de se consacrer à l'écriture. Son domaine de prédilection est la science-fiction, où elle alterne romans pour adultes (*Les Maîtres-feu, *1983 ;* Chromoville, *1984 ;* Le Créateur chimérique, *grand prix de la SF française 1989 ;* Pollen, *2002) et romans pour la jeunesse (*L'Océanide, *1992 ;* Les Ouraniens de brume, *1996, qui traitait déjà du thème du premier contact), mais elle fréquente aussi volontiers le roman historique pour la jeunesse (*Les Diables blancs, *1993 ;* Le Vin de la colère, *1998 ;* La Colonie perdue, *1998). Son dernier ouvrage,* Les Filles de l'épée *(à paraître en 2005), est un roman historico-légendaire qui se passe en Bohême au* VIIIe *siècle.*

Joëlle Wintrebert était au sommaire de Graines de futurs, *anthologie parue en 2000 dans la collection « Autres Mondes ».*

Avec Arthro, *elle aborde le thème délicat de la sexualité extraterrestre.*

Quand je me réveille, j'ai mal, et je trouve un goût de rouille à ma bouche. Je porte une main tremblante à mes lèvres, touche à la source de la douleur, la trouve chaude, poisseuse, palpitante. Je regarde mes doigts, rouges de sang. Mes oreilles résonnent. Juste avant que je sois arrachée aux bras de Niki, il y a eu ce bruit géant de papier qu'on froisse et qu'on déchire…

Dieu ! Nikola !

Je me soulève sur un coude et le découvre, affalé dans un angle de la cabine. Il a les yeux ouverts. Sa tête forme un angle impossible avec son cou. Silence. Cette brutale absence de bruit est plus atroce que le son qui s'accrochait encore à mes oreilles. C'est une colle épaisse où je m'enlise. Mon cri de déni m'en délivre.

Pas Niki ! Pas lui !

Je rampe jusqu'à mon ami, tire son corps à la tiédeur trompeuse, son corps trop mou, privé de souffle, son corps déserté. Sur mes lèvres, le sel de mes larmes dilue l'âcreté de mon sang.

Hébétée, je reste de longs instants penchée sur

Nikola avant que des appels inquiets, au loin, dans la coursive, ne parviennent à ma conscience. La cloison m'offre un appui providentiel pour me lever. Tout entière concentrée sur la source des voix, sûre de trouver bientôt auprès d'elles un réconfort, je refuse de m'interroger sur l'inclinaison bizarre des murs. Par chance, la porte n'est pas bloquée. Je hasarde quelques pas qui chancellent, Maritza me cueille d'une main ferme.

— Zoé ! Merci mon Dieu, tu es vivante !

— Niki... Nikola...

Les terribles mots s'arrêtent dans ma gorge. Je suffoque. Sans me lâcher, Maritza revient à la cabine, rapide coup d'œil, déjà elle m'entraîne, ses lèvres sont si serrées qu'elles semblent à peine un fil, une barre sur son visage d'ambre. Je m'aperçois qu'elle boite et remarque l'impressionnante enflure qui déforme le feutre de sa botte à hauteur de cheville. Mon épaule glissée sous son aisselle me vaut un hochement de tête reconnaissant.

Je ne peux réprimer un geste de recul à l'instant d'entrer dans le salon. Plaintes, râles, remugles suffocants, partout les traînées sombres ou vermeilles du sang répandu, partout des corps. Les plus impressionnants sont ceux qu'aucun mouvement n'anime.

Ethel Oldbury se penche sur eux tour à tour. Selim Skelessi l'assiste. Tandis que Maritza m'entraîne, une nausée me prend, je détourne la tête. On me pousse sur un divan, entre Nadir Kemerovo, dont le front s'orne d'une bosse rougeâtre, et Xipho Zaïan, qui grimace, le bras en écharpe, les joues terreuses. Je déteste Xipho, mon aîné de deux ans. Il m'a surprise un jour où j'embrassais Niki et n'a cessé ensuite de me harceler, sûr que je n'oserais pas le dénoncer. Je me serre contre

Nadir, un autre aîné, sévère à en pleurer, mais dont la présence aujourd'hui me rassure. Il me fait un nid de son bras, caresse mes cheveux.

— Zoé, petite Zoé, tu en as réchappé ! souffle-t-il avant d'ajouter, brutal : Iris, Markus, Alma, Taou, Balkach, Isobelle... Que Notre Mère accueille nos amis ! Ils sont morts. Et aussi tous les adultes en stase dans le dortoir à sommeil, déchiqueté au moment de l'atterrissage. Morts, ils sont tous morts. Les serres hydroponiques et la bibliothèque sont détruites. Nous béons sur le vide et notre nef est clouée au sol.

Je peine à prendre la mesure d'une telle annonce. Quand j'y parviens enfin, quand je retrouve un peu de souffle pour oser une question, c'est à peine si je reconnais ma voix.

— Où sommes-nous ?

— Personne n'en sait rien, dit Nadir d'un ton amer. Pas plus l'aya Péri que Kina Sunderland, qui était la navigatrice de quart.

— L'aya ne sait pas où nous sommes ?

En même temps que je prononce cette phrase, je jurerais que c'est impossible. Les intelligences artificielles embarquées — que nous appelons familièrement « ayas » — trouvent toujours leur route entre les étoiles. Elles ne sont pas censées faillir. Pas plus quand elles pilotent que lorsqu'elles gèrent une crise opposant des humains.

Nadir pose sur moi un regard morne.

— Péri pense que nous avons traversé une singularité. Nos coordonnées spatiales ont changé d'un seul coup. Étoiles, galaxies, constellations, notre aya n'en reconnaît aucune. Nous sommes plantés au milieu de nulle part, Zoé.

Maritza, les bras encombrés par une coque d'assistance, s'arrête un instant devant nous. Une expression de fureur altère son beau visage.

— On n'a pas assez d'ennuis ? Il faut encore que tu racontes des horreurs ? L'atterrissage du *Sîmorgh* n'a pas deux heures. Péri a juste besoin d'un peu de temps.

— Trois modules détruits, la coque béante et plus de cent morts, tu appelles ça un atterrissage ? ricane Nadir. Qui espères-tu convaincre ? Toi-même ?

Maritza le couvre de son œil noir, et il me semble tout d'un coup que l'expression de son dégoût s'en échappe comme une couverture pour draper l'insolent. Lequel se tait. Il frissonne. Notre monitrice sait jouer les anges de guerre aussi bien que les démons de douceur.

— Tu es vivant, n'est-ce pas ? Qui survivrait à un crash d'une telle violence, dans l'espace ? Nous avons atterri sur un planétoïde. En catastrophe, d'accord, mais les analyses du sol sont prometteuses. Péri devrait trouver ici matière à réparer. Et, chance supplémentaire, il y a une planète, là-dessous. Une planète de type terrestre. Et deux autres lunes.

— Mensonge, intervient Xipho, dont la voix pâteuse et ralentie trahit un abrutissement dû aux analgésiques. Une coïncidence pareille, c'est impossible. Jusqu'au soleil qui ressemblerait à celui de Terra. La vérité, la voilà : nous sommes détruits et l'aya veut nous éviter le désespoir.

Maritza néglige l'interruption.

— Péri a envoyé des sondes. Dès que les données seront analysées, nous saurons ce qu'on peut en attendre.

— C'est-à-dire si nous allons mourir, conclut Xipho. Je ne vois pas qui saurait transformer en jardin potager les caillasses et la glace de cette lune, maintenant que nos serres sont fichues.

Dans son visage bouffi par les nanomédics, seule la bouche est intacte, avec ces lèvres fines qui ont trop souvent prélevé leur dû sur moi comme un bec de rapace. Sous les paupières alourdies, ses yeux verts ont des luisances de marécage. Une lueur d'amusement s'y allume quand il surprend mon regard.

— Notre petite Zoé tremble de peur, lâche-t-il d'un ton satisfait.

Je le déteste.

*

* *

Péri nous a convoqués dans la salle de contrôle. Les survivants. *Nous ne sommes plus que onze!* Six adultes et cinq jeunes à peine sortis de l'enfance. L'*imago* de l'aya apparaît devant nous, pâle et trouble, puis elle acquiert sa densité habituelle et se stabilise. J'aime bien l'apparence que notre Intelligence embarquée se donne: un bel homme d'un âge moyen. Le casque brun de ses cheveux bouclés encadre un visage aux traits fins que les rides du rire étoilent.

Issue de l'orphelinat de Téthys, je n'ai jamais connu mon père, mais je suis brune et bouclée, moi aussi. Il me plaît d'imaginer qu'il ressemblait à Péri.

— Les sondes nous ont rapporté des éléments positifs, annonce l'aya. Nous pouvons nous réjouir. Cette planète a développé la vie, et mieux, l'intelligence. Des créatures arthropodes, qui vivent en colonies organisées. Elles ont un mode de vie primitif, mais elles utilisent des outils, construisent des abris et pratiquent l'élevage, même si elles ne semblent pas carnivores. Ça ressemblerait plutôt à la traite des pucerons par les fourmis terrestres. Elles n'ont pas de prédateurs et n'ont pas montré de peur ni d'hostilité à la vue des imagos que je leur ai envoyées. Je vous projette la rencontre…

La scène apparaît devant nous, au-dessus du berceau 3D, et m'arrache un sursaut. Les *imagos* que l'aya a choisi d'envoyer me sont tout à fait familières, et pour cause : l'une d'elles est un double de moi. Xipho Zaïan et North Blackmore m'encadrent tels deux gardes du corps.

— J'ai choisi Zoé parce qu'elle est la plus jeune et la moins utile ici, explique Péri.

Et vlan ! Chère aya, elle ne s'embarrasse jamais avec les subtilités de la diplomatie.

— Et nous, on est inutiles ? grince Xipho. J'ai dix-sept ans, moi, quand même.

— J'ai choisi Zoé parce que son don pour les langues a toutes les chances de nous servir en bas. N'oubliez pas que la bibliothèque est détruite et que je n'ai aucune compétence en matière d'exolinguisme. En ce qui concerne Xipho et North, c'est plus simple. Je les ai choisis parce qu'ils sont beaucoup plus grands que Zoé. Or, comme les images suivantes le montrent, il y a deux catégories d'individus chez ces indigènes, qui correspondent sans doute à leur genre, mâle ou femelle. La différence de taille est très sensible. Autant ne pas les dépayser sur ce plan-là.

Les ayas usent rarement de l'humour, mais je jurerais entendre de l'ironie dans le ton que vient d'employer Péri. Elle ajoute, et là je n'ai plus de doute :

— De toute façon, il faut bien envoyer deux preux chevaliers protéger notre damoiselle. Si notre séjour se prolonge, elle deviendra infiniment précieuse.

Ethel n'est plus en âge de procréer. Le mari de Nan Tchéou n'a pas l'intention de la partager, je m'en suis assurée. Restent Kina Sunderland, Maritza Kayseri et Zoé Matadi.

L'idée de me savoir devenue très précieuse n'empêche pas la nausée de me prendre quand je mesure l'ampleur du sous-entendu. Le chagrin me submerge et mes yeux me picotent. Avec Niki, oui, j'aurais aimé attendre un enfant. Sans lui…

La projection, suspendue le temps de ces explications, reprend. Je réprime un nouveau sursaut. Nos imagos rencontrent les arthropodes. Une petite délégation, qui précède un impressionnant grouillement. Ces bestioles sont terrifiantes. Et je ne suis pas la seule à le penser : un véritable relent de peur s'exhale de notre groupe. Difficile de prendre mieux conscience à la fois de notre faiblesse numérique et de la qualité bien trop tendre de notre enveloppe de chair.

— Des mantes religieuses aussi grandes que nous ? souffle Xipho, que l'effroi décolore.

Je n'ai jamais vu le garçon perdre contenance, jusqu'ici. Je réprime le tentant ricanement de mépris qui m'est venu aux lèvres. Pendant nos heures de travail aux serres du *Sîmorgh,* nous trouvions parfois des *Empusa pennata*. L'apparence assez effrayante de ces mantes minuscules leur vaut d'être surnommées « diablotins ». Les arthropodes leur ressemblent. Au-dessus des deux segments d'un corps aux anneaux cuirassés, la tête triangulaire prolongée par de longues cornes jointes arbore deux antennes. Ces appendices épais, à la courbe élégante, se dressent tels des sabres entre les globes énormes et latéraux des yeux. En bas de ce faciès impressionnant, les pièces buccales en mouvement m'arrachent des frissons. D'autant que les créatures, dressées sur quatre pattes postérieures qui permettent une station debout, brandissent devant elles des membres antérieurs armés de dents, d'épines et de griffes.

— Tu as vu leurs pattes ravisseuses ? me chuchote Nadir Kemerovo.

Maritza Kayseri lui adresse un regard de tempête, mais je remarque le bronze terni de son visage et la crispation de sa bouche. Elle a peur, elle aussi. À quoi servent les pattes ravisseuses sinon à la capture des proies ?

Bon, puisque mes aînés eux-mêmes perdent leurs moyens devant ces monstres, je peux cesser de feindre un calme que je suis loin d'éprouver. Je me tourne vers l'imago de Péri.

— Et si ces diablotins géants étaient de vrais diables ? Tu pourrais nous protéger ?

— Ils n'ont pas de technique, me répond l'aya. Tes gardes du corps seront armés, Zoé, et tu auras un choqueur. Néanmoins, je préférerais que tu te concentres sur ta mission : déchiffrer le langage de ces créatures. Elles occupent presque tous les espaces qui nous permettraient de survivre. Il faut obtenir qu'elles nous acceptent. Nous ne voulons pas les exterminer, n'est-ce pas ? L'intelligence est rare, dans l'univers... Pour moi, notre accident est une chance magnifique.

Chance magnifique ? Un des défauts de notre aya, c'est l'abus des grands mots. « Il serait malvenu d'accabler Péri à ce sujet, nous a expliqué Maritza. Péri a été créée dans un seul but : servir l'Empire. Et on l'a élevée comme un fer de lance. » Elle a froncé son joli nez et s'est empressée d'ajouter : « Les intentions pacifiques en plus, évidemment. Mon image était mal choisie. »

Je pense qu'elle était très bien choisie, au contraire. Nous en discutions souvent entre nous. La mission du *Sîmorgh*, avant qu'il ne s'écrase, c'était de trouver de nouvelles bases pour l'homme. Qu'elles soient déjà peuplées d'intelligences distinctes de la nôtre importe peu, en définitive. Les exarques des neuf mondes qui constituent l'Empire se sont entendus dans ce sens: coloniser d'abord. Tant mieux si nous permettons à des non-humains d'accéder à leur tour à notre civilisation.

Péri relance le film un instant suspendu. En mouvement, les créatures sont beaucoup plus effrayantes. Elles se déplacent avec la vivacité des cafards qui infestent nos soutes. Leurs membres immenses et grêles et leur gros abdomen oblong que prolonge un inquiétant aiguillon ne semblent les gêner en rien. L'aya nous donne quelques informations sur la planète : sa pesanteur réduite a sans doute permis ce développement exceptionnel. Elle nous permettra aussi d'éprouver une agréable impression de confort.

— Pour des organismes tels que les vôtres, ajoute Péri, les zones tempérées correspondent à la ceinture équatoriale de ce monde, ce qui veut dire équilibre parfait entre le jour et la nuit, absence de saisons et obligation de subir un traitement pigmentaire contre les ardeurs de l'astre qui sévit ici. Pour la même raison, j'implanterai deux coquilles protectrices sur vos globes oculaires. Cela vous donnera un petit air de familiarité avec nos hôtes.

— Des prothèses fixées ? s'inquiète Xipho.

— Tu verras, ce sera tout à fait agréable. Des prothèses mobiles ne protégeraient pas assez du rayonnement solaire. Et quand tu découvriras tes coquilles, je t'assure que tu ne voudras plus les quitter.

Cette fois, c'est sûr, l'imago de l'aya affiche une petite moue narquoise.

L'enregistrement défile, nous livrant une partie de la masse qui grouille à distance des émissaires. Elle est composée de créatures plus petites et d'apparence moins agressive : leurs abdomens sont dépourvus d'aiguillons.

Le blond North Blackmore s'approche des silhouettes en 3D. On dirait qu'il cherche à les apprivoiser. Il hoche la tête.

— Ceux-là ont l'air plus sympathiques, dit-il en forçant un sourire.

— Celles-là ! le reprend Xipho. Regarde-les ! Grégaires, craintives... Elles ont envoyé leurs soldats ou leurs chefs pour affronter la nouveauté.

Dégoûtée par son machisme, je vais intervenir, mais Péri me devance.

— Tu ne sais rien de ces êtres ni de leur monde. Ne partez pas pétris d'idées préconçues, tous les trois. Leurs guerriers pourraient être des neutres, ni mâles ni femelles.

— Oui, renchérit Maritza. Et les petits derrière seraient le troupeau des mâles honorant une reine unique et cachée.

Tout le monde éclate de rire, et nous décidons de nous remettre d'aplomb en nous régalant de la nourriture qui nous reste, puisque les sondes ont révélé que cette planète regorge de plantes, de fruits et de tubercules comestibles. Au moins, nous ne mourrons pas de faim.

*

* *

Nous y sommes. L'aya nous a largués sur la planète dans un module de survie. Nous avons atterri non loin du lieu où nos imagos ont rencontré les Arthros, comme nous appelons depuis peu nos diablotins géants.

Nous occupons une petite vallée où bouillonne une source au fond d'un bassin d'eau claire. Une simple filtration nous permettra de nous désaltérer sans risque. Tout autour, la couverture végétale piquetée de buissons aux couleurs acidulées ressemble à une mousse gris souris, d'une douceur de plume.

L'émotion m'étreint. J'aurais tellement aimé découvrir ces lieux avec Niki. J'essuie furtivement mes yeux et tente de me changer les idées en détaillant la nouvelle apparence de mes deux compagnons. Je ne m'en suis pas encore lassée.

Rien à dire, grâce à Péri, nous avons fière allure. L'aya nous a dotés d'une pigmentation composite. Pour moi, un camaïeu de mauves qui se déclinent du lilas au parme tendre. Quant à ma chevelure et aux divers duvets de mon corps, ils se parent désormais d'un pourpre du plus bel effet.

L'épiderme de Xipho Zaïan arbore un éclatant vert émeraude et se colore de turquoise aux pliures, aux paumes et à la plante des pieds. Ses cheveux hérissés en tortillons pointus sont d'un bleu firmament.

Enfin, North Blackmore est resté peu ou prou semblable à lui-même. Sa carnation presque noire n'avait guère besoin de protection supplémentaire. Péri s'est contentée de lui donner des reflets mordorés qui donnent envie d'y croquer. Le casque de ses cheveux blond soleil contrastait suffisamment. L'aya n'a pas éprouvé le besoin de les retoucher.

Pour ajouter à notre étrangeté — «pimenter notre

beauté », selon les mots de Xipho —, l'aya a couvert nos yeux de coquilles à effet de facettes dont l'éclat métallique emprunte aux tons de nos pigments corporels. Nous sommes vêtus a minima de shorts et de brassières assortis qui sont tissés de capteurs à destination de Péri, et nos pieds ont été enduits d'un mastic souple et transparent que nous ne pourrons pas plus enlever que les protections de nos yeux. Je reconnais que l'ensemble de notre déguisement ne trahit aucune des promesses de l'aya : c'est très plaisant à porter. J'ai l'impression de marcher sur des coussins, les vêtements sont soyeux, et mes prothèses oculaires polarisent agréablement la lumière de la planète.

Péri nous a ordonné de rester à portée du module d'atterrissage, ainsi disposerons-nous d'une voie de retraite au cas où les Arthros se montreraient agressifs. Avec nos yeux d'insectes et nos peaux miroitantes, nous ne ressemblons plus tout à fait à nos imagos. S'ils nous prenaient pour des rivaux ?

Xipho trépigne d'impatience et joue avec son arme. Il me paraît un peu trop pressé de découdre quelques élytres ou carapaces à coups de faisceau laser. North affiche le calme qui lui est coutumier et qui lui a valu son surnom, « le fossile », tant il est inhabituel chez un garçon de dix-huit ans. Et moi, moi qui me suis étourdie jusqu'ici dans les préparatifs du départ, occupant tous les moments de calme à mémoriser les rares cristaux échappés à la destruction de notre vidéothèque, je vois surgir inexorablement devant mes yeux une image atroce : Niki brisé dans la cabine, mon ami, mon amour, à jamais perdu.

— Voici le comité d'accueil, annonce Xipho.

Son arme pend au bout de son bras, et sa lèvre inférieure est agitée d'un tremblement. À la vérité, je préfère affronter les Arthros plutôt que mes affreux souvenirs. Satisfaite de la diversion, je lance, ironique :

— Eh bien, Zaïan, tu as laissé ton ardeur au vestiaire ? J'espère que tes instincts guerriers ne s'exercent pas seulement contre les filles !

North me jette un regard exaspéré.

— Ça suffit, vous deux, coupe-t-il. Nous devons nous montrer unis. Toute division leur sera profitable.

Les voilà. Comme lors de l'arrivée de nos imagos, un petit groupe d'émissaires se détache de leur troupe. La peur m'a quittée, remplacée par une curiosité intense. J'en prends conscience avec satisfaction.

Je lève les deux mains : Péri m'a suggéré cette attitude, puisque je suis la seule à garder mon arme dans son étui de ceinture. Ensuite, je les rassemble devant moi et m'incline. Enfin, je prononce, d'un ton persuasif :

— Nous sommes des humains naufragés. Notre astronef s'est écrasé sur l'une de vos lunes. Nous venons en paix demander votre aide.

Quand Péri m'a expliqué quelles phrases je devrais prononcer, j'ai pensé qu'elle déraillait. À quoi bon recourir au langage standard ? Nous l'avons enregistré, ces bestioles s'expriment entre elles par froissements et martèlements des élytres. « Il faut bien débuter quelque part, a dit l'aya, et peut-être les Arthros se montreront-ils plus doués que toi. »

Chère Péri, toujours le mot pour vous encourager…

À peine ai-je fini ma phrase que l'un des diablotins géants s'élance et dépasse allègrement la limite de sécurité que l'aya nous avait fixée. Son approche a été trop vive pour nous laisser le temps de réagir, et c'est tant mieux. Je sens North et Xipho se raidir à mes côtés et je leur lance, péremptoire :

— Laissez-le faire.

L'Arthro tient sa tête de biais, ainsi me dévisage-t-il pleinement de son œil gauche. Il déploie ses pattes ravisseuses, et les tarses griffus qui prolongent leur tibia se posent sur mes joues, délicats. Lente caresse inconfortable, surtout quand les petites griffes accrochent mes lèvres et les entrouvrent. Je suis surprise par l'odeur qui s'exhale du tégument cuirassé : poivre et... muguet ? Agréable...

Allez, je me hasarde. De la pointe de la langue, j'effleure les appendices étrangers. Décidément, oui, poivre et muguet, et un autre goût de fleur, inconnu, à la saveur mielleuse.

L'Arthro replie ses pattes épineuses, penche la tête et porte ses tarses à sa bouche. Palpes et mandibules s'activent, et je ne doute pas que notre visiteur me goûte à son tour.

Suit un cliquetis retentissant de ses élytres auquel répondent d'autres cliquetis en provenance du groupe. Les émissaires se « parlent », j'en jurerais. Les pattes reviennent à moi, accrochent ma brassière, mon short, tandis que la tête de l'Arthro pivote d'un côté puis de l'autre. C'est comique, on jurerait qu'il n'en croit pas ses yeux. Il est vrai que les Arthros ne connaissent pas les vêtements.

Nouveau cliquetis d'information. L'expérimentateur s'intéresse à North, qui conserve son calme, et pour finir à Xipho, dont le tortillement indique assez à quel point ce contact le dérange. Je m'empresse d'intervenir, posant ma main sur son bras afin de l'apaiser, effrayée de trouver ses muscles raidis : des cordes prêtes à se rompre. Pourvu qu'il ne gâche pas tout. J'ignore comment, mais je sais que nous ne sommes en rien menacés.

Cette fois, le cliquetis se prolonge. J'interprète, sans doute : il me semble que le dialogue est vif, et loin d'aller de soi. Il se conclut, pourtant. Le plus impressionnant des émissaires émet une sorte de sifflement crissant, et l'un des membres plus petits de la race s'approche. C'est drôle, il est exactement de ma taille. A-t-il été choisi pour cette raison ?

Dans un dansant chassé-croisé, l'Arthro qui nous a goûtés et celui qui vient d'arriver changent de place. Le groupe des émissaires s'éloigne. Il entraîne à grands renforts de sifflements la masse grouillante de leurs modèles réduits.

Nous restons face à face avec le petit Arthro. À mes côtés, Xipho pousse un soupir de soulagement et m'adresse un sourire faiblard. Je le comprends. Quand ils sont moins grands et dépourvus d'aiguillon, les Arthros paraissent beaucoup moins dangereux.

Quelle est la mission de celui-ci ? L'a-t-on désigné pour nous servir d'interprète ? Il s'approche de moi d'un pas dandinant. À son tour, il déploie ses pattes ravisseuses, mais son geste est timide. Longtemps, ses tarses se promènent sur moi, avant de s'arrêter sur ma bouche. Je goûte. C'est plus doux, baies roses plutôt que poivre noir, à quoi s'ajoute un puissant arôme de bonbons à la violette. Une couleur explose dans ma tête : un mauve lilas qui s'assortit à ma carnation artificielle.

Je lâche un cri de ravissement. Mon Arthro s'enfuit aussitôt à vingt pas. Je refoule mon excitation et me force à parler d'une voix calme :

— Là, là, reviens, je ne vais pas te manger, Violette !

Un coup d'œil à droite et un coup d'œil à gauche me permettent de savourer l'étonnement de mes gardes du corps. North écarquille les yeux, et la bouche de

Xipho bée comme un bec d'oisillon attendant la becquée.

Là-bas, mon Arthro piétine, il doit hésiter entre le courage ou la fuite. Je tends doucement mes bras vers lui, les replie contre ma poitrine, mains pendantes. Je réitère deux fois ce manège et l'accompagne d'une voix flûtée.

— Viens, Violette, viens, nous ne te voulons aucun mal.

L'Arthro s'approche en crabe, la tête tournée de côté, son œil doré luisant au soleil. Il me surveille, mais je jurerais qu'il a cessé de me craindre. Quand il s'arrête, nous sommes assez proches pour que je puisse le toucher. Mes doigts effleurent ses tarses, et je commence à explorer son tégument cuirassé. Je rencontre une touffe de crin, un raz de marée de sensations déferle sur moi... et je perds connaissance.

*

* *

Une douleur cuisante à la joue me réveille. North intercepte la main de Xipho, qui, assis sur moi, s'apprêtait à me balancer une autre gifle. D'une torsion du corps, je me débarrasse de l'importun et parviens à m'asseoir. La tête me tourne.

Xipho saute sur ses pieds et grimace, ironique.

— Alors, notre fifille a rencontré un trou noir ?

— Que se passe-t-il ? demande North, inquiet. On aurait dit que tu te prenais un coup de choqueur.

L'Arthro se trouve de nouveau à vingt pas. Je soupire.

— Un coup de choqueur psychique, si tu veux. C'était incroyable. Je crois qu'ils se parlent avec des sons, mais aussi avec des couleurs et des odeurs. Ça m'a submergée. Une sorte d'expérience mystique. Une communion. Impossible à partager. Il faut que vous touchiez Violette.

— Compte pas sur moi, grogne Xipho. Et d'abord, pourquoi tu l'appelles comme ça, le bestiau ?

— Parce qu'il sent la violette, et parce que le violet est sa couleur dominante, même si sa carapace semble brune. Et il est capable d'échanger sur toute l'échelle du prisme, et aussi dans l'infrarouge et l'ultraviolet.

— Comment peux-tu échanger avec lui dans l'infrarouge et l'ultraviolet ? demande North.

À en juger par sa mine inquiète, pas de doute, il pense que j'ai perdu la tête.

— Les coquilles. On pourra remercier l'aya. Elle nous a dotés d'une vue augmentée. Évidemment, si tu ne reçois pas les longueurs d'onde adaptées, tu n'as aucune chance de tester tes nouvelles capacités. Essaie, tu verras. Au sens propre.

— On est là pour te protéger, pas pour s'envoyer en l'air, gronde Xipho. C'est toi qui es censée communiquer, non ? Alors, ça t'a donné quoi, ton flash ?

Qui croit-il abuser, avec ses grands airs ? Notre matamore a les chocottes, et les consignes de Péri lui servent de bouclier. Je hausse les épaules.

— Difficile à décrire. Une chose est sûre, toucher Violette devrait m'aider à saisir son langage. Ce qui m'ennuie, c'est qu'elle doit se trouver aveugle et sourde, à mon contact.

North fronce les sourcils.

— Elle ? Tu penses que c'est une femelle ?

— Je ne sais pas. C'est une commodité, je suppose, parce que je ne peux pas imaginer l'appeler autrement que Violette. C'est son odeur, tu saisis ? Et il y a quelque chose de si rond, de si enveloppant, chez elle…

— Bien sûr que c'est une femelle, lâche Xipho d'un ton définitif. Tu as vu les émissaires, non ? avec leur… leur…

Il nous assène un mouvement éloquent du bras.

— Prévention, coupe North. Rien ne prouve que cet aiguillon soit un sexe. Et chez les araignées, la femelle est souvent plus grosse que le mâle.

J'éclate de rire.

— Oui. Et chez les mantes, elles dévorent leurs mâles après ou même pendant l'accouplement ! Les pauvres petits ne font ni le poids ni la loi.

Xipho m'adresse son regard-marécage. Je déteste quand il fait ça. C'est un pouvoir qu'il a sur moi. Le dédain suinte de ses yeux verts. Poisseux. Dégoûtant.

— Ici, c'est toi qui ne fais ni le poids ni la loi, ma « petite ». Ne l'oublie pas. Ni que les Arthros ne sont pas plus des mantes que des araignées. Alors, au boulot. Et vite. Je ne tiens pas à moisir ici.

Détourne la tête. Lève-toi. Voilà, tu n'es plus sous son emprise.

Cette fois, c'est moi qui avance vers Violette. D'un signe impératif des bras, j'ai enjoint aux garçons de rester en arrière. Je laisse l'Arthro poser ses tarses sur moi, et j'avance mes mains vers sa carapace. Un peu hésitantes, mes mains. Vais-je éprouver de nouveau la sensation fulgurante ? La pulpe de mes doigts effleure le tégument corné, rencontre les bouquets de soie rêche qui ont provoqué ma syncope… Je me raidis, mais à la place du choc électrique subi tout à l'heure un doux tournoiement m'envahit. C'est une symphonie de mots-couleurs et de mots-senteurs. Je sais que ça me parle, même si je ne sais pas encore en déchiffrer l'alphabet. Le cliquetis des élytres retentit en contrepoint, comme pour marquer la fin d'une transmission, une bouffée d'odeurs m'enivre, et Violette se sépare de moi.

La sensation de manque est telle que je dois me faire violence. J'ai failli retenir l'Arthro. Je lâche mon souffle en le contrôlant, par la bouche, une technique que Maritza nous a enseignée. Elle me permet toujours de recouvrer mon calme. Et j'en ai sacrément besoin. À quinze ans, je ne suis peut-être qu'une «petite», mais j'ai assez d'intelligence pour flairer un danger. Et celui-là est grand. Accros aux Arthros? Serait-ce ce qui nous guette si nous poursuivons dans notre volonté de les comprendre?

North Blackmore a dû percevoir mon trouble parce qu'il me lance:

— Ça va?

— Au moins, elle nous joue plus les évaporées, intervient Xipho. Mais ça traîne, ça traîne.

— Tu veux prendre ma place, Zaïan?

Je suis si furieuse que je trouve le courage de renouer le contact avec Violette. Nouveau changement. Moins d'ampleur. Gaieté, rapidité : un scherzo. Puis le claquement des élytres, que suit aussitôt une bouffée d'arômes. Je me décroche.

Je suis ivre. Ma tête est une nébuleuse hantée de formes, et je commence à discerner l'organisation de ces formes. Il est temps de laisser Péri prélever l'échantillonnage recueilli. Je lève les bras devant moi, serre mes mains en tipi, m'incline, un grand sourire aux lèvres. Les Arthros comprennent-ils quelque chose au sourire? J'ai pris soin de ne pas montrer mes dents. Je me retourne en douceur et gagne le module d'atterrissage.

*
* *

Grâce à Péri, nous avons progressé à pas de géant. Par sonde, elle nous a envoyé un de ses « enfants » — le mot est d'elle —, une extension miniature qu'elle a dotée d'un synthétiseur d'odeurs et d'un programme d'analyse des sons. Nous savons désormais que les corps des Arthros génèrent les couleurs indépendamment d'un contrôle conscient. Ces couleurs forment une sorte de toile de fond qui est un peu plus qu'une signature corporelle puisqu'elle trahit les sentiments et les sensations de chaque individu. Ainsi, Violette me pare d'une couleur de fond liée pour l'essentiel à la chaleur de mon corps, une étrangeté chez les Arthros, dont la température est beaucoup plus basse. Cette couleur — qui n'a pas d'équivalent dans le langage standard de l'Empire — est tout à fait indépendante de ma carnation artificielle. Mes réactions positives ou négatives la modulent.

En revanche, même si elles peuvent correspondre à des exclamations spontanées échappant au contrôle conscient, les odeurs sont bien utilisées comme un langage volontaire. Les sons produits par les élytres sont des ponctuations, ou des mots simples qui permettent de former des phrases dont le contenu n'est pas contestable, souvent des ordres ou des appels destinés au groupe.

Les dialogues élaborés impliquent donc la proximité, et le toucher résout toute difficulté de compréhension.

Sans l'aya pour nous aider à déchiffrer le b.a.-ba de ce langage, nous en serions encore à balbutier. Grâce à l'enfant-Péri dont je porte une extension en ceinture à la taille, nous avons obtenu des Arthros qu'ils nous laissent installer une base à courte distance de leur village, et un troc a débuté entre les deux races.

Violette engage chacune de nos rencontres par un échange de cadeaux, un rituel auquel il serait impensable de déroger. J'ai eu droit à des feuilles, à des fruits, à des graines de plusieurs types, les uns à but sans doute décoratif, les autres comestibles. Humains et Arthros partagent le même goût du sucré. Nous avons échangé nos confitures contre le miellat de leurs «pucerons», à la satisfaction générale. Péri assure que nous pourrons marier les fruits locaux au miel issu de nos futurs élevages, et ainsi continuer à fournir nos nouveaux amis en douceurs.

Elle apprécie moins, en revanche, que les Arthros nous aient fait découvrir les joies des boissons fermentées. Nous avons eu un vrai sermon de notre monitrice un lendemain d'ivresse. C'est le problème, avec l'aya: même si loin d'elle, rien ne lui échappe. Elle a vendu notre inconduite à Maritza. Il faut dire que Xipho avait perdu la tête: il s'est jeté sur moi. North m'a aidée à triompher de lui, mais ensuite nous nous sommes consolés tous les deux. Le lendemain, je me suis sentie moche. Comme si j'avais trahi Niki. Et depuis, c'est la guerre entre les deux garçons. Quand Maritza disait «Béguin égale pépin», elle ne se trompait pas.

Voilà Violette. Elle porte en pendentif l'un des cristaux que Péri a synthétisés pour les offrir aux Arthros. Cela m'étonne. J'ai remarqué qu'ils étaient jusqu'ici le monopole des grands Arthros. Violette doit être devenue un membre éminent de sa race. Je l'accueille avec des bouffées odorantes de joie.

Nous échangeons de longs gestes affectueux. Violette

ne se lasse pas de peigner mes cheveux entre les dents de ses antérieurs depuis que j'ai cessé de craindre le voisinage de son épine tibiale. Quant à moi, j'aime effleurer les extraordinaires arabesques plumeuses qui lui servent d'antennes et dont j'ignore la fonction. Je me plais à penser que ce sont des organes érotiques, car mon amie se met à rayonner dans l'infrarouge quand je prolonge mes caresses.

Violette me dit que nous sommes autorisés à visiter son village. Excités par cette invitation, les garçons m'encadrent. J'espère qu'ils feront taire leur différend jusqu'à notre retour.

C'est le milieu de la matinée, le ciel étincelle et enfonce ses lames blanc d'argent au milieu de la forêt qui sépare notre camp de la bourgade arthro. Les arbres-lézards, dont les troncs écailleux abritent une myriade d'insectes luisant telles des gemmes, semblent les pattes d'un dragon géant tout près de s'envoler. L'orée du bois nous livre le village dressé sur sa colline, étranges taupinières en pain de sucre que colorent des pigments métalliques. Nous avons baptisé Rivière Rouge le fleuve paresseux qui l'enserre. Des algues vineuses encombrent son cours. Frappées par le soleil, elles éveillent sur les murs des bâtisses mille flammes dansantes.

Un pont de bois tout simple, bleui de mousses, mène aux premiers enclos. Pas de gardes. Les Arthros n'ont pas de prédateurs, et leurs différentes tribus vivent en harmonie. D'après Péri, les membres plus grands de la race ne sont pas des guerriers. Ils ne sont pas plus des éleveurs : on ne les voit pas s'activer dans les parcs à «pucerons». Chez les humains, sur Terre et dans les colonies, il arrive souvent que des enfants s'occupent du bétail. L'espace d'un instant, j'ai pensé que les petits Arthros fermiers pourraient être des juvéniles, mais, quand j'émets cette idée, Xipho me fait remarquer d'un ton méprisant qu'ils ne portent pas d'aiguillon.

Je regarde avec curiosité leurs animaux de traite. Ils ressemblent à des cochenilles blanc farine. Aussi massifs que des vaches pour les plus grands, ils plongent des rostres effilés dans les jeunes tiges ligneuses dont ils aspirent la sève. Violette m'apprend que leurs bêtes sont toutes des femelles, obtenues grâce à la parthénogenèse – c'est-à-dire sans intervention d'un mâle, m'explique l'enfant-Péri. Je m'empresse de le répéter à North et à Xipho, amusée des regards contraints qu'ils échangent aussitôt.

L'enfant-Péri me suggère de demander quel est le mode de reproduction des Arthros. Violette, non sans émettre une très nette bouffée d'embarras, nous révèle que ce mode est bien sexué, le fruit d'un accouplement.

Elle lâche ensuite un curieux mélange d'odeurs d'irritation, de colère et d'excitation, à quoi s'ajoute un cliquetis agacé des élytres tandis qu'elle presse le pas entre deux rangées de masures et nous invite à entrer dans une bâtisse plus imposante. Stupéfaits, nous découvrons une vaste pièce triangulaire. Les hauts-reliefs colorés qui la décorent convergent vers une massive statue d'Arthro dont l'abdomen obèse évoque une idole de la fertilité. À ses pieds, une sorte d'autel encombré d'offrandes. Face à la déesse, un petit Arthro que dominent trois de ses grands congénères accepte une coupe en argile ouvragée. Il boit. Le silence est oppressant. Cette scène m'angoisse, et je me surprends à retenir mon souffle. Enfin, titubant, le petit Arthro se prosterne devant l'autel. La scène qui suit est si brutale que je ne peux retenir un cri. L'un des grands Arthros empale le petit avec son aiguillon. Je panique et l'enfant-Péri peine à traduire mes paroles.

— Il est en train de le tuer ?

Bouffées confuses. J'éprouve la peur de Violette et son excitation. *Mort, sexe, amour, œufs, bébés, mort ?* Ses productions aromatiques s'entretissent, tour à tour acides et capiteuses. Je suffoque, le front lourd, incapable de trouver un sens à ces mots, effrayée de voir les garçons se raidir à mes côtés, armes à demi sorties de leurs gaines.

L'aya vient à mon secours. La scène que Violette essaie en vain de me traduire en mots est une fécondation. Je secoue la tête, le cœur au bord des lèvres. Je n'ai senti aucune joie à l'intérieur du temple, mais une sombre odeur où se mêlaient la fièvre, l'exaltation et la mort.

Violette nous entraîne. Dehors, je mesure aux traits défaits des deux garçons à quel point je dois paraître moi-même décomposée. Je me force à d'amples respirations afin de retrouver mon calme. Je pense y avoir réussi en grande partie quand Violette nous invite à entrer dans un bâtiment ovoïde, encore plus vaste que le temple où se dressait l'idole.

Là, devant une statue semblable, des bat-flanc s'alignent le long des murs, tous occupés par de petits Arthros dont certains ont le ventre aussi monstrueux que celui de l'idole. Deux grands Arthros vont et viennent entre les lits, prodiguant des soins à ceux qui sont alités. Il flotte dans la pièce des relents ignobles de musc et de pourriture. Je m'efforce de respirer par la bouche tandis que Violette me pousse vers l'un des corps difformes. Des soubresauts agitent l'abdomen.

Soudain, celui-ci se déchire, livrant passage à une petite tête de mante. Une patte apparaît, puis une autre. Elles accrochent les bords de la déchirure pour s'extirper. Des filaments verdâtres et glutineux s'étirent entre les membres du bébé. Incapable de supporter ce spectacle, je cherche les yeux de la mère et remarque enfin ses orbites affaissées. C'est une créature morte qui vient de donner la vie. Je comprends soudain le sens de ce que nous apprenait Violette dans le temple : chez les Arthros, on meurt en mettant au monde la génération suivante.

*
* *

Nous avons écourté la visite. J'avais été obligée de sortir pour vomir. North m'a imitée presque aussitôt. Seul Xipho a réussi à contenir ses haut-le-cœur. Il ne s'est pas moqué de nous. L'expression horrifiée de ses yeux trahissait son désarroi.

Dans la forêt, nous avons marché en silence. Nous arrivions à la lisière quand nous avons croisé un long convoi de petits Arthros traînant sur des chariots de fortune les jeunes tiges de bois-rubis qui servent à nourrir le bétail.

— Oui... a grogné Xipho, comme s'il bataillait avec lui-même afin de se réveiller d'un cauchemar. Oui, ces salopards entretiennent un harem.

North aussi semblait sortir d'un rêve quand il s'est exclamé :

— Un harem ? Les filles dans les harems ne servaient qu'au plaisir du sultan, elles n'étaient pas esclaves. Ici, elles sont de toutes les corvées et leur situation est pire que celle des bêtes à saillir. Au moins celles-là n'étaient sacrifiées que sur l'autel des dieux. Elles ne mouraient pas le ventre dévoré par leurs bébés.

J'ai hoché la tête.

— Des sultans. Vous avez remarqué le nombre des grands à aiguillon ? Il y en a très peu. Je me demande pourquoi les petits Arthros ne se révoltent pas.

— Ça ne se révolte pas, les filles, a lancé Xipho, qui n'avait pas tardé à retrouver son arrogance. Même chez les humains, il est rare de rencontrer des Zoé Matadi. Les femelles féroces et dévoyées sont une exception.

Je réprimais à grand-peine la réponse furieuse qu'il attendait de moi quand nous avons découvert notre camp. Les petits modules de survie qui nous servaient de tentes s'étaient multipliés. Dieu ! Péri nous avait envoyé la navette. Elle trônait au milieu du champ, noircie et majestueuse.

On s'est mis à pousser des cris hystériques avant de se ruer sur les nouveaux arrivants. Le massif Selim m'a fait tourbillonner au bout de ses bras en riant comme un perdu ; Maritza m'a étouffée de baisers, elle pleurait ; la vieille Ethel Oldbury s'était départie de son air sévère. Seuls Sun et Nan Tchéou, enlacés, n'étaient occupés que d'eux-mêmes.

— Où sont les autres ? a demandé North.

— Nadir Kemerovo est parti vous chercher, s'est moqué Selim. Il voulait vous faire la surprise, le pauvre !

— Nous nous installons sur la planète, a expliqué Maritza. Péri prétend garder Kina à cause de sa connaissance intuitive des cartes stellaires. En réalité, elle protège notre navigatrice. Nous savons tous que Kina est agoraphobe. Et elle retient provisoirement

Percy, parce qu'elle croit en son précoce génie mathématique. La vérité, c'est que le *Sîmorgh* est apte à repartir aujourd'hui, mais que notre aya ne s'y résoudra pas tant qu'elle n'aura pas retrouvé les coordonnées de l'Empire.

— Et pour tout dire, a renchéri Ethel Oldbury, il ne faut pas tenter le sort. Nous avons bénéficié d'une chance insensée. Repartir à l'aventure dans un système où nous sommes absolument privés de repères serait déraisonnable.

Xipho a reniflé de dédain. Son insolence est restée ignorée : à cet instant, Nadir Kemerovo sortait du bois, flanqué d'un petit Arthro qui n'était pas Violette et qui s'est enfui timidement dès qu'il a mesuré notre nombre.

Les garçons sont allés accueillir leur ami tandis que Maritza m'entraînait à l'écart.

— Péri a lancé le programme «multiplication», m'a-t-elle annoncé, sans autre précaution oratoire. Nous sommes cloués ici, tu sais, et nous devons envisager notre survie.

J'ai remarqué la crispation de ses mâchoires : son sourire était faux. Un fourmillement affreux m'a picoté la peau. Mon cœur battait trop vite. Ma bouche s'est ouverte, mais il n'en sortait pas un mot.

— Je suis enceinte, a murmuré Maritza. Nan et Kina aussi. Il ne manque plus que toi.

Les jambes m'ont manqué. Je me suis assise sur le duvet de mousse qui tapissait le sol. Notre monitrice m'a imitée.

— Au moins, tu n'es plus vierge, m'a-t-elle lancé avec un petit rire amer. C'est une consolation. Ethel voudra sûrement t'inséminer dès demain. Je préférais te prévenir.

— M'inséminer ?

— Péri a décidé d'utiliser la banque de gènes du *Sîmorgh,* ainsi nous éviterons les rivalités qui naîtraient fatalement entre les garçons si certains devenaient pères. Nous sommes un bien trop petit groupe. Cela ne t'empêche pas de choisir North pour compagnon.

J'ai fondu en larmes. Je ne voulais pas North, je voulais Niki, Nikola, mon ami, mon unique amour.

Et, par tous les dieux, je ne voulais pas d'enfant. Je ne voulais surtout pas d'un enfant sans père, comme je l'avais été.

*
* *

Dans les premiers temps, j'ai vomi et pleuré. Beaucoup. Maintenant que mon ventre grossit à l'égal d'une montgolfière et que les deux bébés à l'intérieur de moi me rouent de coups de pied, j'éprouve un mélange de résignation et de curiosité. D'autant que je dors mieux. Prises à l'heure du coucher, les tisanes d'Ethel ont diminué l'intensité de mes cauchemars.

Maritza regrette que nous ayons assisté à cette naissance arthro juste avant qu'elle m'annonce le sort qui m'attendait. « Les bébés humains naissent sans tuer leur mère », voilà son antienne. « Tu as été témoin d'une scène d'épouvante : elle ne te concerne en rien. »

Mais j'ai interrogé Péri. Les ayas ne mentent pas. Elle admet que tout petit se nourrit aux dépens de l'organisme qui permet sa croissance, et que dans le passé de la Terre il n'était pas rare qu'une naissance humaine provoque le décès de la mère. « Les femmes ne meurent plus en couches, assure Péri, et les conditions dans lesquelles tu accoucheras seront idéales. Le bloc opératoire de la navette et son aya chirurgienne permettent de parer à toute difficulté qui se présenterait.»

Je suppose que cela doit me rassurer... Même si le facteur de croissance pour lequel a opté l'aya, soucieuse de raccourcir le temps très long de la grossesse humaine et d'obtenir des jumeaux non prématurés, provoque un développement accéléré des fœtus...

Les visites de Violette sont une diversion agréable. Lors de ses premiers jours ici, Maritza Kayseri tenait à m'accompagner dans l'apprentissage de la langue arthro. Elle y a vite renoncé. Je dois dire à sa décharge que les garçons dont elle est encore la monitrice lui donnent du souci.

Quand je me suis désintéressée de North Blackmore, Xipho Zaïan a oublié le différend qui l'opposait à son rival. Nadir Kemerovo les a rejoints, après quelques tentatives d'approche malheureuses auprès des deux filles déclarées comestibles. Ni Maritza ni moi ne sommes prêtes à supporter leurs avances.

Je sais qu'ils s'en plaignent, et que notre aya et la vieille Ethel leur ont conseillé de prendre patience, prétendant qu'une fille enceinte n'est préoccupée que de sa grossesse et de sa maternité prochaine.

Les garçons ne sont pas idiots. Sans leurs capacités intellectuelles supérieures, ils n'auraient pas été choisis pour cette mission. Ils ont parfaitement compris que nous ne voulions pas d'eux. Sur le *Sîmorgh,* avant l'accident — à l'exception peut-être de Xipho, qui papillonnait —, ils avaient une amie de cœur. Il ne leur sera pas facile de se résigner à l'absence prolongée d'une compagne.

Les odeurs de Violette sont particulières, aujourd'hui. Ses tarses ne cessent de revenir à mon gros ventre. Je sens de l'excitation, de l'inquiétude, et des bouffées sensuelles, aussi. À moins… de la compassion ? Un désir de me protéger ?

Oh ! je comprends. Elle a pris la mesure de mon état, et elle croit que je vais subir le sort des petits Arthros de son sexe. J'essaie de la rassurer. Un échec. Je ne maîtrise pas assez la gamme des expressions parfumées de sa race. Il semble bien qu'elle ait compris que je suis heureuse de mon sort, et non que je ne m'apprête pas à mourir ! Ses élytres claquent sur une phrase d'approbation exclamative. Je sors de cet échange d'autant plus agacée que je suffoque sous une salve de relents navrés.

*

* *

Catastrophe ! Violette a été « choisie ». En fait, elle est montée d'elle-même sur l'autel du sacrifice par amitié pour moi. Elle ne veut pas me survivre. Un grand Arthro l'a fécondée hier. Au terme de la gestation, elle mourra. J'en pleure de désespoir. Elle ne comprend rien à ce chagrin. Ses tarses viennent et reviennent sur moi, fébriles, ils accrochent mes joues où les larmes coulent, en prélèvent afin de les goûter, ensuite ils peignent mes cheveux comme pour s'y raccrocher, glissent jusqu'à mon ventre énorme… Sa fièvre est une fange verte où je naufrage.

Je tente de lui expliquer qu'elle a commis une folie dont elle sera la seule victime. Mon agitation l'affole. Je parviens à me calmer et j'arrive à déchiffrer ce qu'elle essaie de me dire. Tout petit Arthro doit un jour ou l'autre porter les bébés qui permettront la survie de la race. C'est un honneur d'être choisi par un grand Arthro, et aucun des petits ne songerait à discuter la décision.

Ceux qui sont le moins utiles à la communauté sont élus alors qu'ils sont encore jeunes. Violette est âgée en tant que membre de son sexe, et pas un grand ne souhaitait la féconder. La fierté de Violette me parvient en bouffées violentes. Notre interprète est sûrement un membre éminent de sa communauté. Quel gâchis !

Grâce à l'enfant-Péri que je porte toujours en ceinture, je décrypte ce qui ressemble à des convictions religieuses : Violette croit gagner un au-delà où elle me retrouvera, où nous partagerons une éternité paradisiaque. Dois-je la détromper maintenant que cette horreur s'est accomplie ?

Pas une horreur, non, me reprend mon amie arthro, et je m'aperçois que j'ai pensé à voix haute et que l'enfant-Péri a relayé ma pensée. *Pas une « horreur »,* insiste-t-elle, *un « honneur » !*

Je secoue la tête. Une vague d'hilarité atroce a manqué me submerger. La situation n'a pourtant rien de risible. Violette cherche maintenant à me persuader que la gestation arthro n'est que jouissance. Les bébés, en grandissant, sécrètent des substances qui donnent du plaisir, endorment toute douleur et provoquent l'inconscience finale.

Comme il serait agréable de s'en persuader : Violette achevant ses jours dans une apothéose délicieuse... mais il me suffit de fermer les yeux pour voir le nourrisson arthro s'extirper de sa mère, et sentir la puanteur de charogne qui monte du ventre déchiré.

Soudain, une idée me vient et je subvocalise à l'intention de l'enfant-Péri en lui demandant de relayer à notre aya centrale. *La fécondation de Violette date seulement d'hier, est-ce qu'il ne serait pas possible de la faire avorter ?*

J'ai droit à tout un sermon. Ce n'est pas parce que je refuse ma propre grossesse que je peux me permettre de penser à la place d'un Arthro ce qui est bon pour lui. Et nous ne pouvons imaginer le moins du monde quelles seraient les conséquences d'un tel geste. De plus, l'anatomie arthro nous est inconnue, et rien ne prouve que ce geste soit envisageable…

Je me permets d'interrompre Péri.

Tu ne dis pas que c'est impossible, et je suis sûre que tu crèves d'envie de l'explorer un peu, l'anatomie arthro, non ? Par ailleurs, tu me permettras de penser que Violette est précieuse, nous sommes très loin de connaître toutes les subtilités de sa langue. Allons-nous la perdre à cause d'un malentendu ?

Dans ma tête se produit l'équivalent d'un grognement qui rigole. J'ai gagné. Péri déclare qu'elle n'est pas dupe de mes manœuvres, mais que si je parviens à persuader Violette d'avorter elle se promet d'en trouver les moyens.

*
* *

J'ai gagné ! J'ai gagné sur toute la ligne. Dès qu'elle a compris que donner la vie n'entraînait pas la mort de l'humain qui porte un bébé, Violette a regretté son geste. Il m'a été facile de lui proposer un retour en arrière. Je l'ai accompagnée dans le bloc chirurgical de la navette. Elle émettait de véritables bouffées de terreur. Par chance, les savoirs de Péri sont immenses. L'aya a trouvé très vite le calmant, puis l'anesthésique adéquats.

Une simple aspiration de la poche incubatrice délivre mon amie arthro. Ensuite, Péri décide de mettre à profit l'inconscience de notre hôte afin d'en apprendre plus sur son anatomie.

— Inutile d'attendre, me dit l'aya. J'en ai pour un moment. Je t'appellerai quand Violette se réveillera.

— Tu sais que…

— Je sais que c'est indispensable, oui. Je t'appellerai, c'est promis. Il n'est pas dans notre intérêt que cette Arthro soit traumatisée. Tu peux filer.

Je m'échappe du bloc, partagée entre le soulagement et une vague angoisse. Et si Violette m'en voulait, après ? Et si Péri lui avait causé des dommages irrémédiables en interrompant sa grossesse ?

Dehors, dans l'espoir de me changer les idées, je décide d'aider un moment Selim Skelessi, qui a pris ses quartiers dans le module-cuisine. Les plantes locales le passionnent, et il tente mille compositions culinaires. Quelques divins chefs-d'œuvre, miracles de saveurs et de couleurs échafaudées, l'ont payé de ses peines… et d'une sévère réaction allergique à une sorte de chou local au goût suave.

Une tente bleue dressée devant le module abrite une vaste table à tréteaux. Nous nous installons là pour préparer et prendre nos repas. C'est notre meilleur lieu de réunion. Nous avons adopté le miellat fermenté des Arthros et, sous l'effet de l'alcool, nos discussions s'émoussent.

Je finis de râper le tubercule orange dont nous nous régalons en salade quand Selim, qui me contemplait depuis la porte du module, s'avance et caresse ma joue. Je sursaute et m'échappe d'un petit bond de côté. Blessé, notre cuisinier penche la tête, ses yeux se mouillent, sa bouche tremblote, on dirait qu'il va se mettre à pleurer.

Ah ! non, pas lui ! Pas un vieux de trente ans en plus

des trois autres, qui me harcèlent depuis hier comme s'ils avaient compris mon désarroi et décidé d'en profiter.

Selim tend vers moi une main suppliante.

— Je t'aime tant, mon petit éclair rouge.

C'est ça. Pourquoi pas en chocolat, tant qu'on y est. Je me sauve… et tombe au détour de la tente sur le trio infernal. Disposé en triangle. À la pointe, Xipho. North et Nadir aux angles de la base. Aucune échappatoire. Un guet-apens. Ils avancent vers moi et je recule. Un coup d'œil en arrière me livre le visage fermé de Selim. Il ne m'aidera pas. Je subvocalise à destination de Péri. Ennuyée, l'aya. Sun et Nan sont en mission d'exploration. Ethel Oldbury est déjà neutralisée, quant à Maritza Kayseri, elle a disparu.

— Alors, ma petite poulette, on appelle au secours ? lâche Xipho.

Mes manœuvres ne lui ont pas échappé. Et maintenant ? En principe, je suis bonne à la course et en esquive, mais avec ce gros ventre, pas la peine d'y compter. *Quelle idiote, aussi. Ça fait deux jours qu'ils te menacent, tu aurais dû demander un choqueur à l'aya.*

— On a ligoté la vieille et drogué la monitrice, dit Nadir d'un ton triomphant. Depuis le temps que ça me démangeait !

— Laissez-moi passer. North, tu t'es toujours montré raisonnable. Tu crois que je vais vous céder sans me battre ? Tu veux abîmer les bébés ?

Une moue de dédain enlaidit le visage de North. Du bois dur. Endurci à la flamme. Insensible. Une pointe de flèche.

— Elle a laissé passer sa chance, la petite peste ! clame Xipho, triomphal. Voilà ce que c'est, de n'aimer aucun homme.

Il fait un geste coupant du bras et les deux autres fondent sur moi. Mon corps alourdi réagit avec retard. Leurs doigts rudes ont pris mes biceps en tenaille et me blessent. Je jette une jambe en avant. Tentative dérisoire. Xipho se tient à distance. Il ricane.

— C'est fini, la dictature des filles. C'est pas le *Sîmorgh,* ici. C'est la planète arthro. Les mâles y font la loi. Ils règnent sur les pondeuses. Quand vous nous aurez fabriqué une jolie petite tribu de filles, on sera les rois. Et remarque bien que tu as de la chance. Rien ne t'oblige à mourir, toi !

— D'accord, les garçons, dit la voix de Péri dans son dos. En attendant d'être les rois, vous lâchez Zoé.

Xipho écarquille des yeux sidérés et se retourne. Je découvre Violette à l'entrée de la tente. Mon amie arthro brandit un choqueur entre ses deux tarses ! Elle ajoute :

— Allez, gentiment. Ne m'obligez pas à me servir de ça.

L'abdomen de Violette est ceint d'un enfant-Péri et nous comprenons d'où vient la voix de l'aya. Le premier, North me délivre. Nadir ne s'avoue pas vaincu. Il crache :

— On ne va pas laisser cette stupide femelle arthro faire la loi.

Une décharge l'oblige à desserrer son étreinte. De faible puissance, parce qu'il reste debout, juste groggy.

— Votre femelle est un mâle, nous assène l'aya.

— Un mâle ? répète Xipho. Et tu penses qu'on va gober ça ? Tu ne viens pas de la faire avorter de son bébé, peut-être ?

— Chez les Arthros, dit Péri d'un ton docte, ce sont les mâles qui mènent les embryons à leur terme.

— Et l'aiguillon des grands Arthros ? Tu oublies la fécondation que nous avons vue dans leur temple. Maudite aya, tu racontes n'importe quoi. Et Zoé passera à la casserole quand et où nous le déciderons.

Il hasarde un pas en avant, et une décharge le tétanise à son tour. Médusée, je contemple cette scène improbable. Au lieu de me réjouir de ma liberté recouvrée, je reste plantée, raidie, la tête embrouillée par ces incroyables révélations.

— Alors, vous m'écoutez ou je dois vous neutraliser tous les quatre ?

Je remarque le chiffre, et qu'il englobe Selim. Un regard en arrière m'apprend que notre cuisinier a lui aussi changé de place, le visage grimaçant. Il se fige.

— Bien, reprend l'aya. Les grands Arthros sont des femelles. Leur aiguillon n'est pas un sexe ni un engin de mort. C'est un ovipositeur. Cet organe leur permet de déposer les œufs dans la poche incubatrice du mâle, où ils sont fécondés. Les œufs sont pauvres en vitellus, et les embryons disposent d'extensions qui leur permettent de prélever sur le corps de leur hôte les éléments nutritifs nécessaires à leur développement. Il naît beaucoup plus de mâles que de femelles, et il n'existe pas dans la nature d'hôtes qui permettraient mieux que les mâles arthros de mener les embryons à leur terme. Vos sultans sont des sultanes, les garçons, et votre harem est composé de mâles. De gentils esclaves dociles qui remplissent toutes les tâches à la satisfaction générale. En voulez-vous encore pour modèles ?

North secoue la tête, l'air désemparé. Je ne suis pas la seule à éprouver le besoin de m'éclaircir les idées.

— On est désolés, dit-il d'une voix piteuse.

— Pas moi, chuinte Xipho d'une voix pâteuse.

Il est courageux, mais le bouquet final de son feu d'artifice est un ratage. Ses dents grincent avec un bruit audible. C'est curieux, j'aurais pensé savourer mon triomphe, or je n'éprouve que de la peine.

— À l'avenir, conclut l'aya, vous devrez séduire les filles plutôt que les soumettre. Voilà qui nous promet d'agréables distractions. Et si votre déplorable attitude vous a grillés, apprenez la patience. Jusqu'à la génération suivante.

Je regarde Violette, ferme et déterminé, le choqueur serré entre ses tarses préhensiles, et je m'interroge : est-ce si important, pour moi, pour moi « aussi », que Violette soit un mâle ?

Je décide que non, me précipite sur elle — sur lui ! — et je suis accueillie par un bouquet d'odeurs délicieuses, où se mêlent l'exultation et une toute nouvelle assurance dont je ne connaissais pas jusqu'ici les effluves épicés. Il me tend le choqueur, ses tarses me caressent, son claquement d'élytres excité retentit tel un chant de victoire.

Une crispation d'angoisse me serre le cœur. Violette a changé. Les petits Arthros mâles accepteront-ils leur sort, désormais ?

La Nuit des trois veilleurs

Pierre Bordage

Pierre Bordage est né en 1955 dans un village du haut bocage vendéen. Après quatre ans de petit séminaire, il se retrouve en faculté de lettres modernes à Nantes, où il découvre le karaté, le banjo, le plaisir d'écrire et la science-fiction.

Il parcourt ensuite l'Inde, exerce divers métiers (gérant de librairie, vendeur sur les marchés et journaliste sportif, entre autres) et se met à l'écriture d'un gros roman. Bien que rédigé en 1985, Les Guerriers du silence *ne paraît qu'en 1993 chez l'éditeur nantais l'Atalante. Premier tome d'un* space opera *démesuré qui dépasse les deux mille pages, le roman décroche le grand prix de l'Imaginaire. Suivront, entre autres,* Wang *(prix Tour Eiffel 1997),* Les Fables de l'Humpur *(prix Paul Féval 2000),* L'Évangile du serpent *(2001),* Les Griots célestes *(2002),* L'Ange de l'abîme *(2004),* L'Enjomineur *(2004). En 2002, il se lance dans le roman jeunesse et novélise le film d'animation* Kaena *pour la collection « Autres Mondes ».*

Grâce à ses extraordinaires talents de conteur, Pierre Bordage est l'auteur de SF qui rencontre le plus grand succès public. Après avoir passé quelques années à Kansas-City, il vit désormais dans la région nantaise.

La religion et ses excès sont souvent au cœur de la thématique de l'auteur. Dans La Nuit des trois veilleurs, *Pierre Bordage montre que les dieux extraterrestres peuvent être aussi jaloux que les dieux terriens.*

La traînée lumineuse a ébloui la nuit, accompagnée d'un grondement assourdissant. Elianz s'est recroquevillée contre moi. J'ai béni le phénomène qui la poussait à mêler nos chaleurs. Nous avions quitté le grand refuge depuis deux cycles, et, malgré notre isolement, malgré les dangers de la plaine, jamais je n'avais trouvé le courage de l'approcher. Les trois veilleurs nocturnes, pleins et brillants, s'épousaient au-dessus des monts inaccessibles.

— *Une tempête,* m'a suggéré Elianz.

— *Cette lumière n'a rien à voir avec un éclair d'orage,* ai-je répondu.

De même, le rugissement qui blessait le silence ne ressemblait ni à un fracas de tonnerre ni à un sifflement du vent. Des odeurs inconnues se diffusaient dans les ténèbres. J'ai craint tout à coup qu'elles ne masquent celle d'un vortch, le redoutable prédateur des plaines.

Tout en jouissant du contact prolongé d'Elianz, j'ai observé la trajectoire de la trace lumineuse. Elle filait à grande vitesse vers le sol, qu'elle ne tarderait pas à toucher.

— Allons voir de quoi il s'agit. S'il y a du danger, nous préviendrons les autres.

Elle a acquiescé malgré sa frayeur. Les Anciens nous ont appris à surmonter nos peurs quand nous faisons face à un événement qui concerne l'ensemble des conscients. J'aurais volontiers étreint Elianz avant de m'élancer entre les herbes soupirantes. Mes tremblements m'en ont empêché.

Nous avons filé en direction des monts inaccessibles en veillant à ne pas froisser les larges feuilles : les plantes émettent leurs soupirs musicaux au moindre frôlement et risquent d'alerter les vortches.

Le vacarme est devenu assourdissant. Nous avons failli rebrousser chemin à plusieurs reprises, puis nous nous sommes remémoré les enseignements des Anciens et nous avons échangé des pensées d'encouragement.

Je ne me suis pas trompé en choisissant Elianz. Sa beauté n'a d'égale que sa bravoure, et son allure est plus gracieuse que celle de Bahik, la mère légendaire des conscients. L'odeur soudaine et suffocante d'un vortch nous a contraints à foncer sans précaution entre les soupirantes. Des gerbes de sons graves se sont élevées dans notre sillage.

— *Un... œuf?* a suggéré Elianz.

La chose avait effectivement l'apparence d'un œuf. Un œuf couché, gigantesque, comme abandonné par une migratrice céleste. Il avait réduit les plantes en cendres tout autour de lui. Désormais immobile et silencieux, il paraissait encore plus imposant, plus menaçant, au milieu du cercle noir et fumant.

Tapis derrière des rochers, nous l'avons épié jusqu'à l'aube. Elianz s'est à nouveau blottie contre moi. Nos souffles entrelacés nous ont préservés de la fraîcheur matinale.

Quand l'œil du jour s'est ouvert à l'horizon, nous avons décidé de retourner au grand refuge. Nous ne nous sommes pas arrêtés en chemin, ni pour nous désaltérer aux sources fraîches ni pour manger les fruits des arbres flottants. Il nous a fallu presque tout le jour pour descendre dans les fosses profondes où résident les conscients.

Des pensées de joie, chaudes, régénérantes, nous ont accueillis. Fatiguée par sa course, Elianz m'a laissé transmettre aux autres les images de l'arrivée du grand œuf. Tous ont su qu'une masse gigantesque était tombée du ciel dans un fracas d'épouvante, tous se sont rassemblés dans la fosse centrale, tous ont émis le désir d'observer et de comprendre le phénomène. Ils nous ont félicités, Elianz et moi, de notre initiative. Ils ne nous ont pas reproché notre peur, pourtant perceptible, blessante.

La peur, pensent les Anciens, est contagieuse. Nous veillons à l'éloigner du grand refuge, ou bien elle finira par conquérir les cœurs et obscurcir les esprits. Comment, avec un esprit obscurci, pourrions-nous détecter la présence des vortches ? Comment pourrions-nous contempler la beauté de notre monde ? Comment pourrions-nous nous endormir avec confiance ? Comment pourrions-nous mourir en paix ? Il arrive parfois que l'un d'entre nous soit débordé par sa peur. Les autres l'entourent d'attention, d'affection, jusqu'à ce qu'il ait recouvré sa sérénité.

Les Anciens ont donné leur conseil : les conscients se rendront le plus rapidement possible à l'endroit où s'est posé le grand œuf, tous ensemble afin de grossir le flot de nos pensées et de prendre la décision juste. On nous a accordé, à Elianz et à moi, un temps de repos. L'excitation générale était telle que nous avons rapidement oublié notre fatigue. L'excitation, chez nous, se manifeste par une vivacité inhabituelle et un léger changement de teinte.

Nous somme partis au crépuscule. Les trois veilleurs de nuit sont apparus à l'horizon, mais ils ne se sont pas épousés comme la nuit précédente, ils se sont effleurés avant de prendre des directions opposées. Il leur faudrait patienter un très long temps avant de célébrer leur retrouvailles.

Comme toujours lorsque nous nous déplaçons en masse, nous nous sommes répartis en deux files sous la garde vigilante des capteurs — ceux d'entre nous dont l'odorat est le plus développé — et des protecteurs — ceux qui puisent leur énergie dans l'esprit tout-puissant de Bahik pour repousser ou éliminer les agresseurs. Les vortches nous ont laissés tranquilles : forts mais peu courageux, ils attaquent seulement les promeneurs solitaires ou les petits groupes éloignés du grand refuge. Ensemble, nous progressons à la vitesse du vent. Les vibrations du sol ont affolé les plantes soupirantes. Des chœurs de notes graves ont retenti autour de nous.

Nous avons atteint la clairière au cœur de la nuit.

Énorme, sombre, l'œuf reposait sur son socle cylindrique équipé d'une multitude de pieds. J'ai senti l'inquiétude se répandre comme une eau amère et froide chez mes compagnons. Elianz s'est rapprochée de moi. Je l'ai trouvée magnifique dans la lumière pâle des trois veilleurs. J'avais hâte maintenant que le mystère soit résolu, et le danger écarté, pour l'inviter à partager ma vie.

*
* *

La porte de la navette a coulissé dans un sifflement à peine audible. L'extrémité de la passerelle flottante s'est posée sur le sol avec une étrange douceur. Les herbes calcinées se sont pulvérisées en émettant des notes déchirantes.

Maître Ondelar est sorti dans la lumière aveuglante, paré de son habit de cérémonie. J'ai levé sur lui des yeux emplis de vénération : âgé d'un siècle, Ondelar avait conquis et converti plus de vingt mondes. Vingt mondes touchés par la grâce de Dilavah, le seul Dieu. Vingt mondes dont les populations étaient passées de l'obscurité à la lumière, de l'ignorance à la connaissance, de la désespérance au ravissement. Ondelar, personne n'en doutait, serait le prochain grand maître de l'Église de l'Unité. Le phare de l'univers.

Une puissante émotion m'a soulevé du plancher métallique : cette minuscule planète, la quatrième d'un système situé dans les confins de la galaxie, allait enfin recevoir la Révélation. Après sept années consacrées à l'étude du *Livre des Cendres,* le livre sacré de Dilavah, j'avais embarqué à bord de l'*Epherim* quelques jours avant son départ. Le vaisseau transportait la plus prestigieuse des phalanges, la légion missionnaire, une armée de plus de quarante mille fanatiques qui portent le feu et la gloire de Dilavah en chaque recoin de la galaxie.

Ondelar s'est retourné et m'a fait signe d'approcher. Dans un premier temps, j'ai cru qu'il se trompait — pensée sacrilège : un maître de sa qualité pourrait-il se tromper ? Je n'avais rien fait pour mériter un tel honneur. Il m'arrivait souvent d'oublier l'une des cent vingt-sept prières quotidiennes, de bâcler la lecture des psaumes et d'être visité par des pensées impures.

Un supérieur m'a pris par le bras et, d'un air excédé,

m'a traîné sur la passerelle sous le regard envieux des autres novices. J'ai cligné des paupières pour m'accoutumer à la lumière. Des nuages enflammés s'étiraient paresseusement dans l'or pâle du ciel. Au-delà du premier cercle d'herbes incendiées par le feu des réacteurs s'étendait une plaine ondulante brisée au loin par un massif montagneux.

— La vois-tu ? m'a demandé Ondelar.

Je n'en croyais ni mes yeux ni mes oreilles : le conquérant légendaire, la lame tranchante de Dilavah et des mondes de l'Unité, m'adressait la parole, à moi, novice anonyme. Nous n'étions que deux sur la passerelle. Les supérieurs, les intermédiaires, les inférieurs, les aspirants, les novices et les officiers se tenaient en retrait dans la pénombre de la navette. Quelques instants avant l'entrée en atmosphère, nous avions reçu la consigne d'enfiler nos tenues cérémonielles : selon nos supérieurs, les habits de lumière suscitent émerveillement et crainte chez les autochtones.

— Eh bien, mon fils, la vois-tu ?

La voix grave d'Ondelar m'a ramené à la réalité.

— Quoi… qui donc, Votre Grâce ? ai-je bredouillé.

Il a lissé son crâne rasé du plat de la main et lâché un petit rire. Des éclats ont jailli de son vêtement, plus épais et lumineux que le mien. J'ai craint qu'il ne me reproche mon manque de zèle et ne me condamne à plusieurs mois d'enfermement dans une salle de contrition. Ses appartements, dans l'*Epherim,* étaient sans doute équipés d'un système de surveillance et de détection de pensées qui ne laissait aucune intimité à ses hommes.

— La population indigène. Notre arrivée n'est pas passée inaperçue. Tant mieux : nous n'aurons pas à les débusquer dans leurs tanières, nous ne serons pas obligés de transférer le gros de la légion sur cette planète.

Seul le premier corps d'infanterie avait pris place à bord de la navette. Trois mille fantassins qui constituaient l'élite militaire des mondes de l'Unité. Les trente-sept mille autres dc la légion rongeaient leur frein dans l'*Epherim,* resté en orbite géostationnaire.

Ondelar a tendu le bras en direction d'une ligne brunâtre que j'avais prise pour le bord du cercle noirci. J'ai enfin discerné les silhouettes sombres, qui dressaient une haie compacte et silencieuse quelques centaines de mètres plus loin.

— Avec ça, mon fils, tu les verras mieux.

Une loupe électronique s'est plaquée sur mes yeux. La vitesse à laquelle les formes se sont agrandies dans mon champ de vision m'a surpris et déséquilibré. Un réflexe m'a poussé à m'agripper au bras d'Ondelar. Un sursaut, la grâce de Dilavah sans doute, m'a évité de commettre cet acte sacrilège.

En revanche, je n'ai pu m'empêcher de pousser un cri lorsqu'un autochtone est apparu en gros plan dans le cercle de la loupe.

— Eh bien, mon fils, crois-tu que ces créatures aient la capacité de reconnaître la voix de Dieu tout-puissant ?

J'étais incapable de répondre. D'étranges sensations me traversaient. Un courant chaud et suave coulait à l'intérieur de moi. Il ne provenait pas de l'étoile du système, une naine jaune baptisée Asphar par les astrophysiciens du vaisseau, mais d'une autre source. Peut-être des sphères noires et brillantes qui, grossies par la loupe, paraissaient me sonder ; les yeux de la créature ?

— En d'autres termes, a poursuivi maître Ondelar, crois-tu qu'elles soient pourvues d'une conscience ?

Des yeux, je n'avais plus aucun doute. Les miroirs d'une âme. De *son* âme. Leur profondeur, leur douceur m'ensorcelaient.

— Que ferais-tu à ma place, mon fils ? Dois-je ordonner leur extermination et implanter à leur place une souche humaine ? Dois-je m'assurer que cette planète célébrera la gloire de Dilavah ?

Mon esprit a spontanément répondu non, mais aucun son n'a franchi mes lèvres. *Ce monde*, pensais-je avec force, *célèbre déjà la gloire de Dilavah. Pourrais-je adorer le Dieu qui se réjouirait de la profanation d'une telle beauté, d'une telle harmonie ?* Pensée sacrilège, que j'ai immédiatement enfouie dans la boue de mon inconscient. Le *Livre des Cendres* commande de purifier par le fer et le feu la terre maudite où le Verbe ne pénètre pas. Fallait-il donc incendier mon esprit ?

— Nous voici placés devant l'éternel dilemme, mon fils : étudier ces formes de vie nous prendrait probablement dix de nos années. Les comprendre, dix de plus. Et dix encore pour déterminer si elles sont dignes de compassion. Trente longues années dilapidées en tergiversations, en querelles, en disputes. Trente années de détestable tiédeur. Dieu peut-il se satisfaire de lames émoussées ? Dilavah peut-il accorder ses faveurs à des serviteurs irrésolus, bavards et futiles ?

La loupe s'est promenée sur les autochtones. Certains me paraissaient plus petits que les autres, mais j'aurais été incapable de dire si leur différence de taille était due à leur âge ou à leur sexe. Ils allaient sans vêtements ni parures. On ne leur voyait aucun système pileux, ni cheveux ni pelage, ils ne portaient pas de plumes comme les créatures volantes de quelques mondes. Ils auraient pu ressembler à certains groupes de l'espèce humaine sans les sphères sombres et luisantes qui leur mangeaient la moitié de la face, sans la longueur insolite de leurs membres.

— Première constatation, mon fils : ils ne se manifestent pas par le son, ils ne crient pas, ils ne gémissent pas, ils ne murmurent pas, ce qui semble indiquer qu'ils ne sont pas doués de parole, qu'ils n'ont donc aucune notion du Verbe.

Je me suis abstenu de demander au grand Ondelar si lui-même ne ressentait pas un courant suave, ineffable, apaisant, entre sa poitrine et l'extrémité de ses membres. Il paraissait intouchable dans son armure de lumière, inaccessible, prisonnier de son orgueil, isolé du reste de l'univers.

— Les sondes analytiques affirment que cette planète est riche en oxygène, en eau, en ressources, a-t-il poursuivi. Une souche humaine aurait toutes les chances de croître et multiplier. Dilavah compterait de nouveaux serviteurs, de nouvelles bouches pour célébrer sa gloire.

Le verset 124 du *Livre des Cendres* m'est revenu en mémoire : « Apprends, ô serviteur au cœur pur, que tu ne peux frapper l'impie par le fer et le feu sans explorer son âme et lui offrir une chance de Me connaître, de M'adorer ; ainsi parle Dilavah. »

Ondelar n'avait pas l'intention de respecter le délai de contact pourtant imposé par la charte de l'Église de l'Unité. Une colère mêlée de détresse m'a submergé, qui s'est presque aussitôt retirée en me laissant au bord des larmes. Les silhouettes brunes se sont brouillées dans le cercle de la loupe. La facilité avec laquelle s'est écroulée la muraille de mes certitudes, bâtie par sept années d'étude et de mortification, m'a déconcerté. Je n'étais plus qu'un nouveau-né désemparé, une coquille vide, ouverte à tous les vents. Le courant chaud a coulé avec davantage de force en moi, diluant ma tristesse et ma colère, apaisant mes blessures anciennes et profondes.

— Sois remercié de ta précieuse collaboration, mon fils.

D'un geste de la main, Ondelar m'a ordonné de retourner à l'intérieur de la navette.

— On... on n'a pas besoin de la parole pour célébrer la gloire de Dilavah !

J'ai douté un instant que ces paroles soient réellement sorties de ma bouche. Ondelar a paru suffoqué par mon audace, avant de me décocher un regard noir.

— Si Dieu est infinie bonté, maître, pourquoi ferait-il des différences entre ses créatures ?

Les éclats blessants de ma voix se sont envolés dans le silence. Trois supérieurs ont couru dans ma direction. Le plancher de la passerelle a tremblé sous leurs pas. J'étais conscient de ce qui m'attendait : des mois, des années peut-être, dans une cellule obscure, une souffrance physique et morale que rien ne pourrait soulager, ni la relecture acharnée du *Livre des Cendres*, ni les privations, ni les actes de contrition.

Affolé, j'ai repoussé la loupe électronique avec une telle brutalité qu'elle a heurté le garde-corps de la passerelle, puis le courant chaud a grossi à l'intérieur de moi et m'a emporté.

*

* *

Je n'oublierai jamais l'étrange spectacle auquel j'ai assisté depuis l'observatoire de l'*Epherim*. J'avais, grâce aux télescopes spatiaux, une vue précise de la navette posée sur le nouveau monde (qu'il me soit permis de préciser ici qu'en atterrissant la navette a brûlé la végétation sur un cercle dont le rayon dépasse les trois kilomètres).

Un deuxième écran recensait la population indigène de la quatrième planète du système d'Asphar. Nous avons appelé ce monde Emrod en attendant, bien entendu, que l'Église de l'Unité lui attribue un nom officiel et définitif. Les sondes ont répertorié plusieurs centaines de groupes d'autochtones répartis sur les terres d'Emrod, et environ soixante autres dans les profondeurs océanes. Elles ont également détecté la présence de créatures géantes, semi-enterrées et probablement hostiles.

Des indigènes, je ne puis dire grand-chose sinon qu'ils se présentent sous la forme de silhouettes brunes dotées de quatre membres, de grands globes oculaires tantôt noirs tantôt vert sombre, qu'ils vivent nus, qu'ils se déplacent à une vitesse ahurissante, qu'ils n'émettent aucun son, qu'ils sont totalement dépourvus de système pileux et que les individus se différencient par la forme, la taille et la teinte, plus ou moins foncée. J'ai estimé leur nombre à cinq ou six mille autour de la navette. Il m'a semblé qu'ils se divisaient en deux sexes, comme l'espèce humaine, mais les événements se sont enchaînés à une vitesse telle que je n'ai pas eu le temps de confirmer mon observation. Maître Ondelar et le novice se tenaient sur le perron de la passerelle. Le garçon a crié tout à coup. Je n'ai pas compris ses paroles, mais j'ai vu qu'elles courrouçaient fortement maître Ondelar. Trois supérieurs se sont précipités sur le garçon pour, je suppose, le punir de son audace et le boucler dans une salle de contrition.

Le novice s'est élancé soudain sur la passerelle et a filé à toutes jambes en direction des créatures autochtones. Il volait plutôt qu'il ne courait, comme si la gravité d'Emrod, pourtant plus forte que la gravité standard, n'avait aucun effet sur lui. Maître Ondelar a ordonné aux supérieurs de le rattraper, mais les vénérables serviteurs de Dilavah ont éprouvé les pires difficultés à se mouvoir sur le sol. Ils ont parcouru une cinquantaine de mètres avant de s'effondrer, exténués. C'est alors que d'autres novices ont surgi de la navette. Aussi légers et véloces que leur condisciple, ils ont foncé à leur tour en direction de la population indigène. Deux cents garçons choisis parmi les éléments les plus prometteurs de l'Église se sont ainsi enfuis de la navette. Quelques aspirants, à peine plus âgés, leur ont emboîté le pas. Avant de se mêler aux autochtones, ils ont arraché leurs vêtements, les ont lancés par-dessus tête et ont achevé leur course aussi nus qu'au jour de leur naissance.

Fou de rage, maître Ondelar a ordonné aux trois mille fantassins de ramener les déserteurs. Armé de désintégreurs et de boucliers, le premier corps d'infanterie s'est disposé en plusieurs lignes et a progressé en bon ordre vers les habitants d'Emrod. Aucun coup de feu n'a été échangé et, pourtant, j'ai vu les glorieux soldats de Dilavah s'effondrer l'un après l'autre sur les herbes noircies, comme fauchés par une invisible rafale. Maître Ondelar a alors perdu la raison. Il a dévalé la passerelle en vociférant et en brandissant son bâton de commandement. Les supérieurs ont essayé de l'en empêcher, mais il les a repoussés et a poursuivi sa course démentielle en hurlant le saint nom de Dieu. Il s'est écroulé une centaine de mètres plus loin au milieu des fantassins.

Ondelar, le maître indestructible, n'est plus. Lorsque les supérieurs sont allés récupérer son corps, son enveloppe desséchée est tombée en poussière entre leurs mains.

Le second, qui en vertu de son ancienneté a pris le commandement de l'*Epherim*, a ordonné le décollage immédiat de la navette et le retour à Sancto, la planète siège de l'Église de l'Unité.

Il n'y a pratiquement aucune chance que les humains reviennent un jour sur Emrod. Dommage : il aurait été passionnant d'étudier des formes de vie qui n'ont pas eu besoin de brandir la moindre arme ni d'esquisser le moindre geste pour terrasser l'élite militaire de l'univers civilisé.

*

* *

Ils ne reverront jamais leur monde. Depuis peu, ils commencent à recevoir et à émettre les pensées. Ils ont renoncé à cette étrange habitude de perdre des sons par la bouche. Tant mieux : leur vacarme aurait fini par irriter les vortches. Aucun d'eux ne regrette son ancienne vie, marquée par la tristesse, la frustration et la peur. Ils ne sont pas vraiment différents de nous. Ils ont amorcé leur métamorphose : leur mémoire se vide des souffrances profondes et superflues. Ils s'adapteront, ils apprendront bientôt le pouvoir de l'esprit, ils deviendront conscients.

Les protecteurs ont invoqué Bahik afin de contenir les autres. Nous avons dû les éliminer : leurs pensées blessantes auraient fini par nous contaminer. Notre mère légendaire nous a entendus. Elle n'aime pas qu'on attaque ses enfants. Telle est sa puissance qu'aucun ennemi ne lui résiste, pas même une légion de vortches. Le grand œuf s'est envolé dans un grondement et a disparu dans le ciel.

Nous partons cette nuit pour une nouvelle errance, Elianz et moi. Cette fois, rien ne nous empêchera d'achever ce que nous avons commencé la nuit de l'union des trois veilleurs.

Stag 5

Jean-Pierre Hubert

Né à Strasbourg en 1941, Jean-Pierre Hubert a quitté le giron de l'Éducation nationale après avoir passé des décennies à donner le goût de la lecture et de l'écriture à des adolescents (et tout particulièrement aux collégiens de la ville où il habite, Wissembourg, dans le Bas-Rhin).

Jean-Pierre Hubert écrit depuis 1973 et a publié une cinquantaine de nouvelles (dont le recueil Roulette mousse, *1987) et une vingtaine de romans (dont* Les Faiseurs d'orages, *1984, et* Le Champ du rêveur, *grand prix de la SF française 1984). Ses qualités de styliste lui ont valu de nombreux prix. L'homme a cependant plusieurs cordes à son arc : il a aussi écrit le scénario de plusieurs téléfilms, des pièces de théâtre et des pièces radiophoniques, il est passionné de musique traditionnelle, joue de l'accordéon diatonique et est un redoutable danseur de fest-noz !*

Avec Le Bleu des mondes, *paru en 1997, Jean-Pierre Hubert aborde les univers de la science-fiction jeunesse. C'est pour lui une découverte. Depuis, il est un pilier de la collection « Autres Mondes », avec* Les Cendres de Ligna *(2000),* Sa Majesté des clones *(2002),* Les Sonneurs noirs *(2004) et* Sur les pistes de Scar *(à paraître en 2005). Il est aussi au sommaire de toutes les anthologies :* Graines de futurs *(2000),* Les Visages de l'humain *(2001) et* Demain la Terre *(2003).*

Dans un univers soumis à une guerre absurde qui n'est pas sans rappeler Sa Majesté des clones, *existe-t-il, pour deux êtres de bonne volonté mais que tout oppose, une possibilité de se tendre la main ?*

À Michel Senensieb, qui a l'art des premières rencontres.

Selon sa propre formule, « Un être dans deux corps ! » résume sans doute ce mystère.

Ceci est son histoire véridique, vécue dans les lointaines années noires du siècle écoulé et transposée dans un futur malheureusement possible. Qu'il m'excuse d'avoir noirci non son âme, mais sa peau. Il se reconnaîtra sans problème, se cachant sous « l'élégance du nègre ».

Mikaël se réveilla en sursaut et se redressa dans son hamac. Le soleil levant embrasait la ligne d'arbres qui couronnaient les collines orientales du camp de prisonniers 4b, promettant une nouvelle journée torride.

Autour de lui, tout le monde dormait encore. Les fatigues de la veille n'étaient pas oubliées. Berg et Anton ronflaient, couchés sur le sol et insensibles aux fourmis qui se promenaient sur leurs corps. À leur réveil, ils se feraient piquer et ils le savaient, mais ils prétendaient qu'on s'habituait à tout sur Stag 5 : aux journées de travail de quinze heures, aux marais infestés de serpents, à la sévérité de leurs gardes-chiourmes, à la nourriture infecte que les Cams servaient aux captifs terriens et, d'une façon générale, à la « connerie » des autres détenus, qu'ils traitaient de moutons. Berg et Anton se faisaient mordre et mordaient en retour. Ils savaient s'attirer les bonnes grâces de leurs tortionnaires en imitant leurs manières brutales.

Un peu plus loin, dans le bosquet d'eucalyptus qui leur servait de dortoir par temps sec, le hamac de

Lédia se balançait légèrement. Un bras poilu dépassait. Mikaël sourit en constatant qu'une fois de plus le singe bonobo Mombé n'avait pas supporté de passer la nuit seul. On avait beau le prévenir que les hamacs n'étaient pas prévus pour supporter le poids de deux occupants, il ne pouvait s'empêcher, vers le petit matin, de se coller clandestinement à un dormeur plongé dans un profond sommeil.

Il n'avait pas mauvais goût, Mombé, car la petite Lédia était plutôt un joli brin de fille, et Mikaël aurait volontiers joué au bonobo pour jouir de ce privilège.

Dans le ciel turquoise, vierge de tout nuage, l'anneau entourant la planète s'estompait en une traînée laiteuse. C'était le moment où les Cams réveillaient leurs prisonniers terriens. Mikaël se laissa glisser sur le sol et rassembla ses affaires sans attendre la ronde de surveillance. Les gardes exigeaient en effet que tous les hamacs soient pliés en moins de deux minutes. Le plus petit retard entraînait une sanction sévère.

Il finissait de sangler son paquetage lorsqu'il entendit un froissement de branchages. Un Cam s'approchait d'un pas lourd. Haut de près de trois mètres, il était gêné par les feuillages du petit bois où dormaient les humains et il les écartait en les saisissant entre ses serres puissantes. En quelques enjambées, il fut au milieu du campement. Sa tête écailleuse de saurien restait fixe, mais ses yeux protubérants se mouvaient en tous sens. Rien n'échappait à son champ de vision de 360 degrés, mais pour le moment sa faible vision nocturne ne lui permettait pas de distinguer tous les détails dans la clarté diffuse du petit jour.

Mikaël se tassa sur lui-même en évitant de bouger. Le garde était le responsable du camp en personne : le redoutable Rirss, que tout le monde craignait pour sa brutalité. La couleur vive de son casque de chair indiquait clairement qu'il était de mauvaise humeur. Ses narines frémissaient de dégoût en percevant la détestable collection d'odeurs humaines du campement. Il émit un sifflement strident particulièrement agressif à l'oreille, ce qui eut pour effet de semer la panique dans les rangs des dormeurs réveillés en sursaut.

— Deux minutes pour plier vos couches ! grogna le Cam d'une voix rauque.

On s'agita en tous sens, et Mikaël vola au secours de Lédia, un peu perdue. Le singe, complètement stressé, poussait des gémissements et sautillait sur place, incapable de la moindre initiative, ce qui ne facilitait pas l'exercice de rangement instantané.

— Pousse-toi, Mombé ! fit Lédia, agacée. Je t'ai déjà dit que je n'aimais pas que tu viennes comme un voleur dans mon hamac.

— Laisse-le, intervint Mikaël tout en pliant le hamac en quelques gestes précis. Il est fiévreux en ce moment et il fait des cauchemars la nuit.

— Le cauchemar, c'est plutôt le réveil, gronda-t-elle en désignant Rirss du menton.

Ses yeux sombres se posèrent sur le garçon, qui achevait le paquetage réglementaire en deux temps trois mouvements, et sa voix se radoucit soudain :

— Merci, Mikaël. J'ai bien l'impression que tu me dragues un peu, mais tu le fais avec discrétion. Tu sais, contrairement à Berg et Anton, je n'ai rien contre les nègres.

Mikaël baissa les yeux et rougit, se disant que sa peau noire masquait bien peu son trouble.

— Je... je le fais parce que je te trouve sympathique, bredouilla-t-il. Mombé aussi te trouve sympathique. Il sent cela mieux que les hommes, et il vient chercher un peu de réconfort dans tes bras. Pas vrai Mombé ?

Le singe découvrit ses dents dans un rictus approbateur et prit la main du garçon avec chaleur :

— Bons, très bons... tous les deux ! articula-t-il sommairement avec son organe phonatoire implanté.

— Ssssilenccce dans les rangs, stridula le Cam en pointant sa tête de lézard dans la direction du trio.

Sa peau écailleuse passait par des teintes flamboyantes qui n'auguraient rien de bon.

— Toi, arrête de sauter ! intima-t-il au bonobo.

Cette soudaine attention que l'effrayante créature reportait sur sa personne épouvanta Mombé. Il se fit tout petit et se cacha dans les jambes de Mikaël en poussant des cris de protestation. Le Cam souffla de colère et tenta de se saisir de l'animal en tendant ses doigts crochus. Mal lui en prit : le singe se hérissa et mordit la main qui fondait sur sa nuque. Cet épouvantable crime de lèse-majesté commis, il bondit dans l'arbre le plus proche pour prendre la fuite.

Le Cam n'était pas blessé, mais il ne pouvait admettre ce geste de révolte. Avec une fulgurante rapidité, sa langue jaillit hors de sa bouche et son extrémité, enroulée en forme de massue, frappa le fuyard à plus de quatre mètres de distance. Le coup pouvait être mortel. Rirss l'avait atténué, sans doute pour se réserver le plaisir d'infliger une punition exemplaire au coupable. Le bonobo dégringola de branche en branche et tomba inanimé sur le sol.

Alors que le Cam allait se saisir du récalcitrant, Mikaël s'interposa, conscient de son culot. Rirss s'immobilisa, courroucé, prêt à se resservir de son terrible organe protractile. Les prisonniers qui assistaient à la scène étaient partagés entre la crainte d'encourir une punition collective et la fascination morbide de voir un insolent massacré sous leurs yeux.

— Mombé n'est pas un humain, plaida le jeune homme en prenant bien soin d'affronter les yeux mobiles du saurien. C'est un singe de nos forêts équatoriales génétiquement amélioré. Il appartient à une espèce associée, comme certains mammifères marins et quelques insectes sociaux. C'est un « EA » qui n'atteint pas le quotient intellectuel des humains et qui ne peut donc être totalement tenu pour responsable de ses actes.

— Un EA... répéta le Cam, la crête frémissante, comme s'il entendait ce nom pour la première fois.

— Oui, et de plus, il est actuellement malade à cause des mauvaises conditions sanitaires du camp. Il est fiévreux, sujet à des cauchemars... Il a mal interprété votre geste et n'a cherché qu'à se défendre...

— Vous excusez donc son geste ? fit Rirss en entrouvrant la gueule.

— Nous, on n'a rien à voir avec cette affaire, intervint Berg d'une voix obséquieuse, soutenu par son inséparable compagnon qui se grattait les avant-bras, couverts de cloques suite au travail des fourmis nocturnes. Ce singe vous a mordu, on se charge de lui apprendre les bonnes manières. Il a beau être un EA, cela ne lui donne pas le droit de vous manquer de respect.

Rirss analysait la scène de ses yeux qui bougeaient de façon saccadée, et progressivement sa couleur changeait. Le rouge de sa colère se muait en une teinte orangée plus dubitative.

— Bien... Berg et Anton, vous vous chargerez de remettre au pas ce... cet animal... Une punition adaptée à sa condition. Je vous fais confiance... Vous autres, humains, adorez brimer vos semblables ou vos prétendus alliés. Quant à toi, Mikaël Sieb, apprends qu'il est toujours dangereux de tenir tête à un Cam, même quand tu sembles être dans ton bon droit.

Il ajouta avant de tourner les talons :

— Tout le monde aux piscicultures dans dix minutes, après le repas du matin. Vous travaillerez jusqu'à la tombée de la nuit pour le prix de cet incident. La pause de midi est supprimée.

Ils étaient une vingtaine à engloutir l'infâme brouet matinal à base d'oignons des marais avant d'attaquer le dur travail de la journée.

Sans cesser de bâfrer, Berg s'approcha de Mikaël, le menton luisant de graisse :

— Toi, le moricaud, tu ferais mieux de tenir ta langue à l'avenir.

— Laisse-le, dit Evan, le plus vieux de la troupe, à qui il manquait une main et qui, bien que diminué par ses blessures, dégageait une autorité naturelle vu ses cheveux gris et ses états de service dans les armées terriennes. Le petit négro a eu raison de défendre le singe. Si nous ne faisons pas valoir nos droits un minimum, nous allons être traités pire que du bétail.

Berg, voyant qu'il n'avait pas l'avantage, mit sa rancœur en sourdine et se tourna vers Mombé, que Lédia aidait à se relever. Le singe avait les yeux chavirés et hoquetait des paroles incompréhensibles. Le coup de massue du Cam l'avait frappé dans le creux des reins, et il avait de la peine à retrouver son souffle.

— Je propose qu'on mette ce mange-puces dans la cage du marais, émit-il dans un ricanement de mépris.

Lédia dévisagea la brute, les yeux étincelants :

— Tu t'imagines peut-être qu'il va tenir le coup pendant une journée, plongé dans la boue, en plein soleil ?

— Il a l'habitude, ce n'est qu'un singe !

— Je trouve qu'il est plus humain que toi, Berg, jeta la jeune fille d'un ton sec.

— Tellement humain qu'il partage ton hamac, ce cochon. Il doit avoir les manières caressantes qui te conviennent.

— Assez ! intervint Evan. Il faut prendre une décision avant de reprendre le travail. Je propose qu'on enferme Mombé dans une cage accrochée dans les arbres, cela devrait convenir à Rirss. Il pourra vérifier que nous avons appliqué une sanction adaptée à un EA perturbé.

La décision modérée du vétéran convint à la majorité. Mikaël mit le singe sans réactions dans une nacelle de bambou cadenassée et le hissa dans les branchages d'eucalyptus, en prenant soin de lui permettre de se nourrir.

— Mombé m'inquiète, glissa-t-il à Lédia alors qu'ils se dirigeaient en rang par trois vers les marais. Je crois qu'il est vraiment malade. J'irai le voir en cachette à la mi-journée pour lui éviter une trop longue exposition au soleil.

— C'est bien, ce que tu fais pour lui, murmura la jeune fille en écartant une mèche brune de son front moite. Tu es courageux, mais méfie-toi de Berg et d'Anton. Ils vont chercher à se venger.

— Je ne les crains pas. Ils sont trop prévisibles. Quant à ce singe, je le plains. On lui a donné la parole, on a amélioré son quotient intellectuel et on a manipulé ses gènes, juste suffisamment pour lui faire comprendre qu'il est un être inférieur. Ce n'est pas de cette manière qu'il convient de gérer notre association avec les EA.

Lédia mit la main sur son bras dans un geste de consolation.

— Tu es dans un camp de prisonniers de guerre, Mikaël. Les Cams ont embarqué pêle-mêle, et sans discrimination de sexe, des soldats, des civils, des animaux améliorés et des détenus de droit commun. Comment veux-tu que cela fonctionne ! Il y a forcément des tensions, et ce ne sont pas des crapules comme Berg et Anton qui vont mettre de l'huile dans les rouages.

La matinée de travail fut pénible. À mesure que le soleil grimpait dans le ciel, la chaleur devenait lourde. Des nuées d'insectes tourbillonnaient au-dessus des eaux noires du marais, et la morsure était instantanée au moindre contact avec la peau. Les Cams avaient décidé d'établir une zone de pisciculture dans les étendues d'eau profonde. Le poisson n'était pas leur mets favori, ils préféraient les insectes et certaines variétés végétales rares sur Stag 5, aussi les carpes et les anguilles qui foisonnaient dans ces étangs leur servaient-elles d'ersatz protéique dont ils faisaient une farine consommable.

Le travail des humains consistait à cueillir les lotus locaux qui étouffaient les cours d'eau et à chasser les prédateurs qui prélevaient une part importante de proies vivantes dans ces viviers. Les équipes de travail se déplaçaient en kayaks biplaces et pagayaient en plein soleil pendant des heures et des heures.

Confortablement installé sous le couvert des arbres, un garde contrôlait leurs allées et venues. Aujourd'hui, c'était un dénommé Fraarl qui les surveillait, un Cam plutôt placide, occupé à mâchonner des roseaux et qui utilisait régulièrement sa langue pour attraper des libellules en plein vol afin d'améliorer son petit casse-croûte végétarien. Fraarl était plus commode que Rirss, mais il appliquait les règles avec une conscience obtuse. Dès qu'il voyait des humains reposer leurs rames, il sifflait un avertissement. Pour lui, il fallait que ça s'agite. C'était sa définition du travail.

Mikaël et Lédia, qui faisaient équipe, avaient compris depuis longtemps qu'il suffisait de balancer les pagaies en l'air sans les plonger dans l'eau pour donner l'illusion d'une activité frénétique tout en économisant leur énergie. Ils se promenaient donc dans les marais en faisant juste le nécessaire et en ramassant de temps en temps une touffe de lotus ou en utilisant leur bâton électrique pour intimider une variété de brochet qui chassait dans ces territoires poissonneux.

Les Cams comprenaient mal la prédation et demandaient qu'on élimine sans pitié tous les chasseurs qui prélevaient leur dîme dans leurs précieuses piscicultures. Mikaël n'était pas de cet avis, mais ses connaissances en exobiologie ne trouvaient aucun écho auprès des responsables du camp. Il avait remarqué que les espèces vivant sur Stag 5, contrairement aux variétés connues sur Terre, étaient omnivores. Selon les saisons et les conditions climatiques, de féroces carnassiers pouvaient se muer en inlassables herbivores qui ne touchaient plus à la moindre proie vivante. En éliminant les carnassiers, on se privait d'éventuels brouteurs de lotus, ce qui introduisait un déséquilibre dans l'écosystème et justifiait d'inutiles et fatigantes campagnes de désherbage aquatique.

Lédia ne partageait pas l'intérêt de Mikaël pour la nature. Elle considérait Stag 5 comme un bagne, et ne rêvait que de s'en échapper.

— Regarde, certainement une loutre ! s'exclama Mikaël en désignant un point de la berge où les ondulations de l'eau signalaient le déplacement d'un animal marin. Cela fait un moment que j'ai remarqué un nid dans ces racines.

— On lui envoie une giclée ? fit-elle en se saisissant de son bâton électrique.

— Non, attends !

Il préleva une touffe de lotus en fleur dans le panier collecteur et la lança dans la direction du mouvement. Aussitôt une gueule noire garnie de moustaches brillantes surgit des profondeurs et happa l'offrande avec un petit aboiement de reconnaissance.

— Une jeune femelle ! s'extasia le garçon. Regarde, elle adore les fleurs. C'est une lotophage, elle ne touche pas aux poissons... Elle se contente de manger les lotus.

— Ce que tu peux être gamin, fit Lédia avec une grimace, si tu savais comme je me fiche des mammifères herbivores de cette planète cam. Ils peuvent crever, avec leurs lézards dominants en prime.

Quand on parlait de nature, Mikaël oubliait sa timidité et devenait véhément :

— Tu es injuste, cette petite loutre des marais n'a rien à voir avec la guerre qui nous oppose aux caméléons géants. Elle cherche juste à se nourrir, et en plus elle est polie. Elle a aboyé un merci en avalant le lotus. Je parie qu'elle est sous le kayak dans l'attente d'une autre friandise.

Lédia haussa les épaules en observant le garçon, qui plaçait une autre fleur de lotus à la pointe de sa pagaie. La résultat ne se fit pas attendre. La gourmande refit une brève apparition, le temps de chiper la délicate offrande dans une nage dorsale du plus joli effet.

— Elle est drôlement intelligente, et même un peu cabotine ! s'extasia Mikaël.

Il laissa sa main au fil de l'eau et il ne s'écoula pas plus de quelques secondes avant qu'une tête joueuse ne vint la provoquer comme un chat quémandant un câlin.

— Bonne bête, ma lotophage ! fit Mikaël en riant et en cherchant à attraper les moustaches drues qui se frottaient à ses doigts taquins. Tu en veux encore, « Lotoff » ?

La loutre fit surface et aboya bruyamment son accord en frappant l'eau de ses nageoires. Ce mouvement inhabituel alerta le garde cam, qui se redressa pesamment, les yeux en éveil, tout en poussant un sifflement d'avertissement.

Pour donner le change, Mikaël assena quelques coups de pagaie autour de lui comme s'il cherchait à éloigner un de ces petits alligators agressifs qui, parfois, faisaient chavirer les kayaks évoluant sur leur territoire. La feinte trompa Fraarl, qui se rassit en bâillant, sans prendre le soin d'analyser l'incident. Rien n'échappait aux yeux indépendants des Cams lorsque ceux-ci décidaient de s'en servir comme de radars détecteurs de mouvements. Heureusement, à l'inverse des mammifères, plus réactifs et plus craintifs, ils mettaient toujours un certain temps à mobiliser leurs défenses, comme si leur supériorité naturelle sur les autres espèces vivantes les mettait à l'abri de toute attaque surprise.

— Tu joues avec le feu, fit Lédia, qui avait pâli.

— Normal, mes grands-parents sont nés sur les flancs d'un volcan appelé piton de la Fournaise, dans une île de la Terre qui s'appelle la Réunion et que je n'ai jamais connue. C'est joli comme nom, Réunion… On dirait un traité de paix… Je me demande souvent pourquoi on a choisi ce terme pour désigner un endroit si plein de colère. Un jour, quand la guerre sera finie, je me paierai le voyage jusqu'à cette île de la Réunion.

— Dans ce cas, je t'accompagnerai, affirma Lédia en gloussant.

— C'est vrai ?

— Oui, Mikaël, juré ! Mais il y a peu de chances que cela se produise. La guerre dure depuis un quart de siècle, et cela m'étonnerait qu'elle s'éteigne comme par magie. Deuxième point : tu n'auras jamais les moyens de te payer une translation de dix années-lumière vers la planète mère.

— Tu ne rêves donc jamais ?

— Pas comme toi. Je rêve de m'évader et ça, c'est concret.

— Trop risqué. La ville la plus proche où tu pourrais à la rigueur passer inaperçue est à plus de cinq cents kilomètres. On en a parlé mille fois…

— Et alors ? Les esclaves humains sur Stag 5 ont un réseau de résistance. On dit qu'ils possèdent au moins deux ou trois portes de translation sur la planète.

— Folie ! jeta Mikaël en interrompant le duel qui les maintenait yeux dans lcs yeux depuis un moment.

Il trempa lentement sa pagaie dans l'eau miroitante pour rechercher le couvert de la mangrove. La chaleur se faisait accablante, et une exposition prolongée au terrible soleil de Stag brûlait les peaux, même noires, comme un chalumeau à pleine puissance.

— Tu m'accompagnerais ? insista la jeune fille lorsqu'ils furent à l'ombre.

Il réfléchit un moment avant de répondre.

— D'accord, à condition que tu viennes voir la Réunion avec moi, comme tu l'as dit en croyant la chose impossible.

Elle sourit et leva la main. Ils scellèrent le serment d'une petite claque, et le garçon se dit qu'il était bien dommage de ne pas compléter ce contrat solennel par un baiser.

Le travail dans les marais fut interrompu à la mi-journée. Motif : tournée d'inspection exceptionnelle suspendant toutes les activités en cours. Mikaël comprit mieux la présence du chef Rirss au réveil. C'était un jour particulier.

La hiérarchie des Cams était complexe, parfois incompréhensible, mais une chose était sûre: ils ne plaisantaient pas avec les cérémonies officielles. Les prisonniers humains allaient être mis en rangs sur la grande place sablonneuse du camp, sans la moindre ombre providentielle. Les sauriens supportaient bien la chaleur. Il était difficile de leur faire comprendre qu'elle était intolérable aux espèces à sang chaud réunies en captivité.

Mikaël bouillait d'impatience, car il songeait à Mombé suspendu dans sa cage. Si ça se trouvait, il grillait peut-être en plein soleil, incapable de se nourrir et mourant de soif, entre ciel et terre, sans réaction, dans sa cage de bambous.

L'attente dura une bonne heure. Les gardes exigeaient une immobilité absolue sous le soleil de plomb qui pesait sur toutes les nuques. Ils arpentaient les rangs à pas lents, passant de façon menaçante leur langue sur leur gueule entrouverte. Nul ne s'avisait de bouger ou d'exprimer une plainte. Des prisonniers perdaient connaissance et s'effondraient sans un bruit dans le sable, mais personne n'osait bouger pour leur porter secours.

Un glisseur amphibie finit par apparaître au-dessus

des arbres de la clairière. Il effectua un arc de cercle au-dessus du camp et se posa au centre de l'esplanade dans un nuage de poussière tourbillonnante. Une dizaine de Cams sortirent de l'habitacle déverrouillé. Mikaël repéra rapidement les dignitaires. Ils étaient libres de leurs mains. Les aides qui les accompagnaient portaient des mallettes qui contenaient des archives informatisées avec des renseignements disparates qui allaient du groupe sanguin des prisonniers au niveau d'études atteint par chacun. Les Cams comprenaient mal les humains, mais ils accumulaient sur leur compte d'impressionnantes quantités d'informations, dont certaines totalement inutiles.

Rapidement, la hiérarchie devint évidente. Rirss s'inclina obséquieusement devant deux Cams dont les couleurs nuancées détonnaient. Les gardes du camp, au contact des humains, arboraient en général des pourpres presque fluorescents qui indiquaient leur dégoût ou leur contrariété, une teinte orangée signifiant une très relative bienveillance. Les deux arrivants, eux, présentaient une gamme de bleus et de verts sur leurs écailles luisantes.

— Le super-prévôt médical Waal et son assistant Veeze nous font l'insigne honneur de se pencher sur nos problèmes, annonça Rirss d'une voix gutturale où passaient des inflexions chantantes inhabituelles. Soucieux d'assurer aux captifs terriens des conditions de détention convenables, ils vont ouvrir dans ce camp une cellule médicale prenant en compte les pathologies dont souffrent les animaux à sang chaud.

Rirss aspira l'air dans un souffle. Mikaël ne l'avait jamais vu prononcer autant de mots en une phrase, l'ordre aboyé étant son mode de communication habituel.

— Merci, commandant en chef Rirss, dit le SPM Waal en faisant un signe discret à son assistant, légèrement en retrait. Abrégeons la cérémonie d'accueil car il me semble déceler des signes d'hyperthermie chez vos prisonniers.

Il arpenta rapidement les rangs, accompagné des archives ambulantes qui récitaient rapidement des codes d'identification.

Mikaël voyait le Cam s'approcher de lui avec appréhension, mais il ne pouvait s'empêcher de lui trouver fière allure avec le camaïeu de bleus réparti sur son corps colossal, sa crête sombre finement découpée et ses pieds garnis d'un éperon élancé qui balayait le sable. Il avait toujours soutenu que les Cams étaient, certes, cruels mais qu'ils représentaient une réussite certaine de l'évolution reptilienne, sans doute supérieure à l'*Homo* dit *sapiens* par rapport à ses cousins singes. Ce qu'il pressentait arriva, et il avala sa salive lorsque le Cam s'immobilisa à sa hauteur.

— Mikaël Sieb ? demanda-t-il en l'auscultant de ses yeux indépendants.

— Oui, super-prévôt… répondit-il en soutenant à grand-peine, malgré l'habitude, ce regard fuyant qui mettait toujours mal à l'aise par son étrangeté.

— Il est signalé dans votre dossier que vous possédez quelques éléments de notre langue.

— *Bien peu votre honneur,* siffla-t-il en mauvais cam à son interlocuteur.

Waal étira sa gueule, ce qui pouvait ressembler à un sourire. La couleur de sa crête pâlit.

— *Je suis étonné. Est-ce dû à votre taux de mélanine très élevé ? Autrement dit, à votre état de « nègre » comme vous dites entre humains ?*

— *Votre honneur, je ne pense pas. J'ai appris très*

tôt à m'exprimer dans d'autres langues que le parler familial... pour des questions... des questions d'intégration...

— Je devine sans peine vos motivations...

Il se tourna vers son assistant pour lui glisser une consigne, et décréta en quittant sa langue:

— Voulez-vous bien me suivre, Mikaël Sieb.

La formule était si curieusement polie que le garçon fut presque tenté de répondre «Non, je ne veux pas, super-prévôt médical Waal, j'ai mieux à faire», mais il inclina la tête et quitta son rang en avançant de trois pas.

Il craignait le pire. Toutes ces nouveautés allaient peut-être l'entraîner très loin de Lédia et de Mombé... La vie dans le camp était souvent décourageante, mais le sourire de la belle brunette et les rictus affectueux du bonobo Mombé faisaient partie de ces petites consolations qu'il n'avait pas envie de perdre.

La petite troupe s'engouffra dans un des bâtiments en dur où le super-prévôt s'était déjà fait aménager un petit bureau cerné de canisses. Les aides furent congédiés. Seul le compagnon aux teintes bleutées fut autorisé à rester en leur compagnie. C'était un Cam plus petit que la normale, aux traits plus élancés et aux manières plus feutrées.

— Veeze est une femme selon vos normes, expliqua Waal comme s'il devinait les interrogations de Mikaël. Nous formions une famille de six membres avant la guerre. Deux d'entre eux sont morts au champ d'honneur, deux autres ont disparu dans la tourmente... Nous avons une enfant de notre union, elle s'appelle Yiuuta et doit avoir deux ans à présent, mais je ne l'ai jamais vue bien qu'elle soit dans un orphelinat de cette planète...

— *Je sais que vos familles se forment à partir de six membres,* s'excusa Mikaël en cherchant ses mots. *Je ne voulais pas être indiscret.*

— Vous ne l'êtes pas. Je suis stupéfait par votre connaissance de nos mœurs et de notre parler. Vous paraissez pourtant bien jeune.

— *J'ai tout de même dix-huit ans,* protesta Mikaël, *et mes contacts avec les espèces associées terrestres m'ont habitué aux langages des animaux...*

Il se rendit compte à l'instant où il terminait sa phrase de l'énormité de sa bévue.

— Je veux dire, précisa-t-il en avalant sa salive et en reparlant en français, que ce style d'effort de compréhension m'a permis d'assimiler quelques rudiments de votre langue sifflée.

— Ne vous excusez pas, dit Waal dans un feulement indulgent que l'on pouvait prendre pour un gloussement amusé. Les hommes, tout comme les Cams, ne sont que des animaux parvenus tant bien que mal à un degré d'évolution plus sophistiqué que la normale. Dans un sens, nous avons une origine commune : la poussière des étoiles autour desquelles nos mondes d'origine gravitent.

Il ajouta en changeant imperceptiblement de couleur :

— C'est souvent avec les membres de sa famille qu'on se dispute le plus férocement...

Troublé, Mikaël approuva en inclinant la tête. Il ne savait trop si les manières aimables du prévôt n'étaient pas une manière habile d'obtenir des renseignements. Veeze intervint d'une voix insinuante, comme si elle devinait cette méfiance :

— Nous avons ici une mission médicale. Les statistiques montrent une mortalité élevée dans les camps de travail où nous accueillons les humains et leurs espèces associées... leurs EA. Avez-vous une explication ?

Mikaël se mordit les lèvres :

— J'en aurais beaucoup, à commencer par le dédain que nous inspirons à nos gardes.

— Le dédain ? questionna Waal pensif.

— Vous autres Cams comprenez difficilement comment les hommes peuvent être entraînés à tuer ou à brimer leurs semblables. Cette attitude vous paraît pire que la férocité animale.

— Ne l'est-elle pas ? lança Veeze nerveusement.

— Nous appelons cela la guerre. C'est une notion que vous ignoriez avant de nous rencontrer. Vous avez appris très vite à la pratiquer de façon efficace en nous prenant comme cible. Les élèves se montrent plus doués que leurs maîtres, et vos façons sont impitoyables.

— Mais il est vrai cependant que vous vous déchirez entre vous, protesta Veeze, choquée. La solidarité interethnique est rarement de mise dans les camps, et les espèces associées, qu'on pourrait croire vos partenaires, sont traitées durement...

Waal interrompit son associée d'un geste et passa la langue sur sa gueule entrouverte où brillait une quadruple rangée de petites dents brillantes.

— Pouvez-vous me donner un exemple concret de cette indifférence que vous nous reprochez ?

Le garçon n'hésita pas une seconde :

— Un singe qui ce matin a mordu l'un des vôtres en se croyant menacé est enfermé dans une cage depuis plus de douze heures. Il est malade, et si sa prison de bambous a été exposée au soleil, je crains qu'il ne soit mort d'épuisement à l'heure qu'il est...

— J'ai entendu parler de cet incident, fit le Cam en se levant brusquement. J'ignorais la sanction appliquée. Rendons-nous immédiatement sur les lieux. Ne perdons pas une minute.

S'adressant à son assistante, il émit quelques sons chuintants que Mikaël ne comprit pas, et quitta son bureau en coup de vent. Veeze s'attarda dans le bâtiment pour ramasser une trousse médicale et les rattrapa en quelques bonds. Le jeune homme se sentait minuscule entre ces deux colosses qui martelaient le sol de leurs pattes puissantes en soulevant des nuages de poussière. Leur étrange trio ne passait pas inaperçu. Des Terriens les observaient depuis le couvert des arbres proches, et Rirss, qui devait traîner son inquiétude dans les environs, les avait rejoints, la crête sombre et la démarche prudente.

Quand ils furent dans le bosquet dortoir, Mikaël désigna sans mot dire la cage dans les branchages. Waal tendit un bras et décrocha la prison à plus de quatre mètres de hauteur. Ce fut Mikaël qui ouvrit le cachot. Le bonobo gisait inanimé sur la claire-voie. Veeze sortit une seringue de sa trousse, mais le garçon la retint d'un geste.

— Un peu d'eau suffira, estima-t-il.

— De l'eau ! aboya Waal en s'adressant au chef du camp, qui s'exécuta la nuque basse.

— Ce sont les humains eux-mêmes qui ont appliqué cette punition, se justifia Rirss.

— Nous vérifierons ce détail, glissa Waal, les naseaux frémissants, mais en tout état de cause une sanction pouvant entraîner la mort d'un captif est inappropriée à la situation, sauf jugement légal allant dans ce sens.

— Absolument super-prévôt… Je suis confus et…

— On dirait qu'il revient à lui, le coupa Waal en mettant un genou en terre pour mieux se pencher sur le bonobo, qui ouvrait les yeux en sentant un peu de fraîcheur sur son visage.

Le singe marqua un moment de panique lorsqu'il aperçut la tête de plusieurs lézards géants qui l'auscultaient, puis, rassuré par la présence de Mikaël, il émit une plainte modulée.

— Ouh... Mauvaise, mauvaise journée pour Mombé...

— C'est fini, personne ne t'en veut plus, dit le garçon.

— Même le chef que j'ai mordu ?

— Même Rirss...

— Je préférerais le garder en observation pour une nuit, fit remarquer Veeze.

— Ce ne sera pas nécessaire, dit Mikaël. Il a peur de vous. Mieux vaudrait, après une petite collation, qu'il dorme dans mon hamac ou dans celui de Lédia.

Veeze se détourna, contrariée.

— Je ne comprends pas la confiance qu'il vous porte, fit-elle d'un air pincé. Les espèces associées sont comme des esclaves pour vous, et ils vous renvoient une sorte d'idolâtrie malgré les mauvais traitements qu'ils subissent.

— Mombé est un ami, répliqua Mikaël, à son tour piqué au vif, et même sans son intelligence ajoutée, il saurait reconnaître ses alliés les plus sûrs.

Waal se releva avec lenteur.

— Ce jeune homme a raison, Veeze. Laissons-le faire à sa guise.

Il ajouta en s'éloignant :

— Je vous affecte à mon unité médicale, Mikaël Sieb. Le service débute à sept heures, heure locale. Je compte sur votre ponctualité.

Le garçon s'inclina en signe d'obéissance et regarda pensivement les sauriens qui s'éloignaient.

— Bien joué, petit, dit Evan en lui tapant sur l'épaule de son bras valide. À mon avis, ce nouveau super-prévôt t'a à la bonne. On va peut-être avoir droit à une meilleure nourriture, si tu te débrouilles pour l'amadouer.

Berg intervint en ricanant :

— Rêve pas trop fort, papy ! En attendant, c'est toi qui as pris la décision d'enfermer le singe dans une cage exposée au soleil. M'est avis que Rirss, qui était dans ses petits souliers devant le médecin chef, va te coller le bébé et alors…

— Tu n'es qu'un pourri, Berg ! dit Evan en crachant à terre.

— Et toi, un vieux débris…

— Allez-y, les mecs, tapez-vous dessus, ça fera un joli spectacle ! conseilla ironiquement Lédia avec un petit rire sans joie.

Le cercle des prisonniers s'élargissait. Tout le monde sentait obscurément qu'il se disait des choses importantes.

— Pour moi, Waal, Veeze, Rirss et les autres reptiles, c'est du pareil au même, cracha-t-elle. Une sale race qui veut notre peau. La guerre n'est pas finie, je dirais même qu'elle ne fait que commencer. J'ai appris par des sources personnelles qu'un patrouilleur terrien avait réussi à se poser sur Stag 5…

Un murmure d'espoir voyagea dans les rangs des auditeurs.

— Les forces d'intervention humaines ont établi une tête de pont qui résiste à moins de quatre cents kilomètres, à vol d'oiseau, de notre position. Des esclaves humains ont rejoint leurs rangs. Les Cams sont militairement sous-équipés sur cette planète. Ils peuvent essuyer de graves revers. Ça nous laisse une carte à jouer… Pourquoi pas une évasion massive…

— Désolé de te contredire, jeune fille, dit Evan avec une grimace. C'est précisément parce que les Cams sont en difficulté qu'ils deviennent plus nerveux. Une désertion globale entraînerait une répression sans pitié.

— Réfléchissez ! jeta Lédia avec fougue. Qui dit tête de pont terrienne dit espèces associées en action. Cela ne m'étonnerait pas que, sous peu, on voie débarquer dans le coin des fourmis guerrières ou des loups férocement anti-Cams. Les EA savent se battre, et ils détestent les lézards plus que tout au monde.

— Et après ? nuança Mikaël. À supposer qu'on prenne la tangente, les Cams sont plus rapides et plus adaptés que nous à la forêt pour rattraper les fugitifs. Ce serait le massacre…

— Merci de ton soutien, Mikaël ! énonça la jeune fille en plantant son regard noir dans le sien avant de tourner le dos pour rejoindre ses quartiers de nuit, et dis à ton copain singe que je ne veux pas le voir dans mon hamac cette nuit.

Cette petite crise plut beaucoup aux témoins de la scène, et les rires assortis de grasses plaisanteries se prolongèrent jusqu'à l'heure du couvre-feu.

Mikaël ne parvenait pas à trouver le sommeil, surtout qu'il avait permis à Mombé de partager son hamac. Les arguments de Lédia le tourmentaient, les bonnes manières de Waal et de son associée plus réservée également. Une chose était sûre : une évasion de masse équivalait à un suicide collectif. La prudence commandait d'attendre l'évolution de l'offensive terrienne avant de bouger, mais l'absence d'initiative n'était pas forcément la bonne solution. Il n'avait pas l'âme très guerrière mais, si la situation l'exigeait, il ne voulait pas jouer au mouton.

Agité par toutes ces questions, il sombra dans un mauvais sommeil à une heure très avancée et se réveilla avant tout le monde, la bouche pâteuse et les idées confuses, alors que l'anneau de Stag était encore bien visible dans le ciel.

— Rester avec toi, dit Mombé sur un ton sans discussion.

— Je vais aller travailler avec les lézards, prévint Mikaël.

— Pas grave !

— Tant pis, je t'aurai prévenu…

Waal était également un lève-tôt. Il accueillit les deux prisonniers qui venaient prendre leur service avant l'heure avec un grognement de satisfaction et une couleur bleutée favorable.

— Le bonobo Mombé a l'air de se porter mieux, dit-il en quêtant un avis du garçon, mais est-il en état de travailler à l'infirmerie ?

— Mombé est en pleine forme… décréta le singe en attirant insolemment l'attention sur lui et en regardant le prévôt par en dessous. Il n'a plus de fièvre et il peut être utile aux lézards, même avec sa petite tête…

D'une façon générale, les EA désorientaient les Cams. Ils comprenaient difficilement comment ces animaux trafiqués parvenaient à s'entendre et à collaborer avec un maître aussi imprévisible et cruel que l'homme. Ils y voyaient une manipulation de plus de cette race retorse qui, de façon inexplicable, trouvait des alliés parmi ses propres esclaves.

— Très bien, Mombé, dit Waal après une courte hésitation. Tu es engagé.

Sa crête avait pris une teinte plus chaude.

— Je me réjouis de te voir en meilleure santé qu'hier, mais il ne faudra pas mordre les malades.

Mombé découvrit ses dents en signe de contrariété alors que le prévôt annonçait :

— Je me propose aujourd'hui de vous accompagner aux piscicultures. Cela me permettra de juger de vos conditions de travail. Est-ce que cette mission vous convient ?

Pour la deuxième fois, Mikaël fut tenté de répondre spontanément « non », mais il n'en fit rien. La présence du saurien dans les marais posait des tas de problèmes embarrassants, mais il valait mieux faire comme si de rien n'était.

On trouva un kayak à la taille du super-prévôt et la petite troupe se dispersa sur les eaux du marécage. Waal semblait plutôt mal à l'aise dans son frêle esquif, mais il pagayait avec énergie en imitant les façons des humains. Les Cams évitaient le contact de l'eau, et Waal faisait l'effort méritoire de se mettre en situation, sans se prévaloir de son rang.

Comme d'habitude, et sans doute pour la dernière fois étant donné ses nouvelles fonctions à l'infirmerie, Mikaël faisait équipe avec Lédia. Le cœur n'y était pas. Ils n'échangeaient pas une parole et évitaient de se regarder. Mombé, indifférent à la brouille, se tenait entre eux, intéressé par chaque mouvement se dessinant sur les rives boueuses. Sa mauvaise fièvre oubliée, il retrouvait toute sa vivacité et son esprit joueur.

Au bout d'un moment, Waal s'approcha maladroitement de leur embarcation.

— Ces lotus polluent les étangs, dit-il en saisissant du bout de la rame un végétal flottant. Nos piscicultures en souffrent.

— Le milieu est en déséquilibre, expliqua Mikaël en esquissant une grimace d'impuissance. Chaque fleur se reproduit en moins de vingt-quatre heures. Il faudrait favoriser la présence d'herbivores lotophages dans ces eaux calmes; ils seraient plus efficaces que nos paniers de ramassage, mais les consignes nous enjoignent de les tuer.

— Pour quelle raison? questionna Waal.

— Les herbivores en question mangent également des poissons…

— Je vois, dit le Cam pensivement en s'éloignant.

Dès qu'il fut à quelque distance, Lédia aspergea le garçon en frappant violemment la surface de l'eau de sa pagaie.

— Hé, petit nègre! Tu t'imagines peut-être que tu t'es fait un ami?

— Je n'imagine rien du tout, aspergeuse de mes deux, répliqua-t-il vertement en s'essuyant le visage. Je trouve simplement que le super-prévôt Waal fait des efforts pour comprendre notre point de vue.

— Son intérêt est celui des Cams. En l'aidant à élever ses poissons, tu aides l'ennemi des Terriens. Il vaut mieux que ce marécage crève sous des tonnes de lotus. Ça fera moins de bouffe pour ces sales lézards.

— Ce n'est pas mon point de vue, se raidit le garçon. Les marécages de Stag 5 ne sont pas en guerre contre nous. Il ne faut pas se tromper de cible.

— Tu es trop gentil ou trop con, Mikaël, ce qui revient à peu près au même… dit-elle en plantant rageusement sa pagaie dans l'eau.

Ils étaient arrivés dans la zone où nichaient les loutres. Mikaël remarqua immédiatement l'ondulation aquatique qui trahissait la présence des mammifères marins.

— C'est peut-être notre petite Lotoff, se réjouit-il en lançant aussitôt un des lotus de la cueillette dans l'eau.

La réaction ne se fit pas attendre, la surface liquide se creusa, trahissant une rapide trajectoire sous-marine, une gueule surgit dans un bref jappement et le lotus disparut. L'instant d'après, la loutre vint se coller au kayak, quémandant des caresses de sa gueule frétillante.

— C'est bien Lotoff, s'exclama le garçon en agaçant les moustaches drues qui chatouillaient sa main plongée dans l'eau.

Le Cam fondait sur eux à toute vitesse.

— C'est un de ces mammifères marins dont vous me parliez tout à l'heure ? cria-t-il en agitant sa pagaie.

— Attention, vous l'avez effarouché... prévint Mikaël.

Waal vira de bord trop brusquement et perdit l'équilibre. Son kayak se renversa et il se retrouva plongé dans l'étang. Il poussa aussitôt un hurlement épouvantable en frappant frénétiquement l'eau de ses bras écartés.

— Aidez-moi. Je ne sais pas nager...

— Qu'il crève... gronda Lédia.

Mombé réagit avant les humains. Sans réfléchir, il avait pris une initiative de sauvetage en sautant par-dessus bord. Parfaitement à l'aise dans l'élément liquide, il rejoignit la berge en quelques brasses efficaces. Il trouva une liane qu'il prit entre ses dents et rejoignit le lézard en perdition. Waal crispa ses serres sur le filin et domina ses réflexes de panique. En quelques tractions, il s'approcha de la rive et trouva le fond sous ses longues jambes. Il rejoignit la berge sans problème. Le petit drame s'était déroulé si rapidement que le garde Fraarl, sans doute endormi, n'y prêta pas attention. Le super-prévôt, agacé par sa propre maladresse, s'éloigna à pied sur la terre ferme, laissant les humains à leurs travaux en milieu humide.

Le soleil désertait l'aire du camp 4b, rendant la chaleur moins insupportable. Les gardes cams, plus attentifs que d'habitude, faisaient nerveusement leurs rondes, armés de fusils lance-roquettes et de stylets laser dont les lames à nu rougeoyaient dans la pénombre. Les humains profitaient de la ration de soupe supplémentaire qu'on leur avait servie sur les ordres de Veeze. C'était une chaude soirée tropicale au calme trompeur.

Les nouvelles du front étaient alarmantes pour les caméléons géants, et les prisonniers rêvaient en chœur à une proche délivrance. L'expédition terrienne avait apparemment surpris les forces de défense de Stag 5. La guerre était désormais bien implantée sur le sol de la planète pénitentiaire, et rien ne permettait d'en deviner l'issue.

Waal avait tenu à convoquer tous les témoins du petit incident des marais dans son bureau, éclairée par une unique lampe à la clarté vacillante.

— Je voudrais d'abord te remercier, Mombé, pour ton aide spontanée…

— Noyer pas bon ! dit le bonobo avec une grimace gênée.

— Vous n'avez donné aucune consigne à votre EA ? s'enquit Veeze en s'adressant à Mikaël.

— Non, aucune. Mombé s'est porté spontanément au secours du super-prévôt, tout comme il a mordu la main de Rirss. L'instinct des EA parle plus fort que le conditionnement hiérarchique. Les singes ont beaucoup à nous apprendre…

Il y eut un petit silence.

— Je tenais… je tenais… bredouilla Veeze, le torse écarlate, à vous exprimer ma gratitude. Après la disparition des quatre autres membres de notre famille, je n'aurais pas supporté la mort de Waal. Merci, Mombé. Grâce à toi, notre petite Yiuuta a encore deux parents.

— Il faut apprendre à nager, grogna le singe en se collant à Lédia, qui suivait la scène d'un air pensif.

À cet instant, ils auraient pu tous s'embrasser, mais il y avait des problèmes de taille, de pilosité et de dignité. Waal se leva de toute sa hauteur derrière son bureau :

— La séance est levée. Demain matin à sept heures précises, dit-il en tendant sa main écailleuse à Mikaël.

Les semaines s'égrenaient pareilles à elles-mêmes dans un calme apparent, mais personne n'était dupe. Les troupes terriennes étaient désormais à moins de cent kilomètres du camp 4b, et les nouvelles alarmantes pour les Cams filtraient dans les conversations.

Selon les rumeurs, le Troisième Corps expéditionnaire de Proxima avait pris pied sur Stag. Le coup de force initial se transformait en opération de conquête, et la bataille gagnait en férocité. Les Terriens, trop longtemps humiliés, prenaient une revanche sanglante en s'attaquant indifféremment aux villes, aux installations agricoles et à tout ce qui se trouvait à portée de leurs canons. Les massacres de civils cams répondaient à d'autres massacres d'humains, dont cette guerre n'avait pas été avare. Dans ces conditions, les Cams se battaient le dos au mur, sachant ne pouvoir espérer aucune pitié d'un adversaire ivre de vengeance.

Malgré ces circonstances dramatiques, Mikaël travaillait en bonne entente avec le super-prévôt Waal. La nourriture quotidienne avait été améliorée, les punitions étaient plus légères et Rirss devait atténuer sa brutalité, attendant sans doute son heure pour reprendre le camp en main avec sa rudesse habituelle.

— La bataille de Stag 5 est un désastre pour nos forces, dit Waal d'un air grave en accueillant le garçon dans son bureau.

— *J'ai de la peine à déplorer les revers subis par vos armées, mais je comprends votre tristesse...* répondit Mikaël en langage cam.

Depuis qu'ils passaient de longs moments à dialoguer sur toutes sortes de sujets, prétextant des réunions de travail qui se prolongeaient au-delà de toute mesure, ils passaient indifféremment d'une langue à l'autre, chacun exprimant dans son parler maternel ce qu'il ne parvenait pas à définir dans l'idiome qui ne lui était pas familier.

— Quelqu'un doit bien perdre cette stupide guerre. Je crains bien que ce ne soit nous, du moins sur cette planète, constata Waal, accablé. Je tenais cependant à vous prévenir de la situation dangereuse que nous traversons dans ces lieux. Votre amie Lédia, que je crois proche de votre sympathie, a mis sur pied un plan d'évasion que le commandant Rirss se fera une joie de réprimer sévèrement, et je ne pourrai rien faire pour la protéger. Vos compagnons de captivité Berg et Anton nous ont fourni tous les renseignements qui nous permettrons de faire avorter cette entreprise et de punir les coupables sans faiblesse.

— Je n'étais pas au courant... fit Mikaël atterré.

— Je sais, vous êtes, comme moi, un peu distrait. La loutre des marais vous a fait oublier les manigances de votre proche entourage. Grâce à vous, cet animal ne sera plus tué à coups de matraque électrique. Vous aurez sauvé une espèce de notre planète que nous étions sur le point de faire disparaître par simple stupidité. C'est, de votre part, une générosité incompréhensible, même si j'en devine l'obscure origine depuis que je vous connais mieux…

— C'est… C'est prévu pour quand, cette évasion ? bredouilla Mikaël, conscient des risques que prenait le super-prévôt en révélant cette information.

— Demain soir, à la tombée de la nuit…

Sa tête s'était inclinée en exprimant un souffle rauque, et des éclats irisés passaient dans ses yeux agités de soubresauts. Cette mimique inquiétante exprimait la tristesse…

Mikaël avança timidement sa main et la posa sur l'énorme organe préhensile du reptile, qui était immobile à plat sur le bureau. Le contact était froid et rude, mais il ne se déroba pas. Ils restèrent un long moment tous les deux, pétrifiés et silencieux, à se regarder.

— Un jour, les Cams et les humains pourront se toucher comme nous, dit Mikaël, la gorge serrée par ce premier contact.

— Je l'espère, au moins pour ma petite Yiuuta, murmura Waal, vert des pieds à la tête.

Dans son hamac, Mikaël se promit de faire le ménage dès le lever du jour. Berg et Anton allaient voir de quel bois il se chauffait. Evan serait certainement de son côté, et d'autres prisonniers aussi. Il n'y avait pas que des cafteurs ou des lâches dans la collection humaine du camp. Quant à cette petite gourde de Lédia…

Le coup était certainement rattrapable. Il fallait faire

disparaître au plus vite toute trace d'équipement, de provisions illicites, d'armes peut-être...

— Encore pas dormir ? demanda le bonobo qui se lovait dans son dos.

Il ressentait les soucis humains comme une maladie qui demandait une main consolatrice.

— Non, Mombé. Gros problème avec Lédia...

— Pas de problème avec Lédia, jacassa le singe. Elle t'aime. Mais toi, pas assez gentil avec elle... Elle boude...

— Elle veut s'évader...

— Grosse bêtise, s'exclama le singe en sursautant. Moi trouver la nourriture avec mon nez. Moi trouver leur cachette.

— On ne bouge pas, souffla-t-il sur un ton sans réplique. Tu penses bien que Rirss nous fait surveiller, surtout en ce moment.

— Rirss ? couina Mombé en se mettant à trembler de tous ses membres.

— Ouais, et d'autres lézards prêts à nous couper la tête d'un coup de langue. Il faudra jouer serré pendant la soupe du matin. On agira au bon moment en surveillant Berg et Anton.

— Eux mauvais ! Pas comme toi. Moi, toujours avec toi... jura le bonobo en tirant de façon complice une mèche de cheveux crépus sur la tête du garçon.

— D'accord, Mombé, tu es un copain, un vrai copain... dit Mikaël, enfin saisi par le sommeil.

Le réveil fut moins calme. Un grondement inhabituel venant de la réalité l'avait tiré d'un rêve agréable. Il sauta au bas de son hamac, aussitôt imité par Mombé qui interrogea le ciel pâle d'un air inquiet.

— Pas normal, dit le singe en sautant d'un pied sur l'autre.

Son ouïe fine percevait le bruit anormal avec plus d'acuité que l'oreille du jeune homme.

— Insectes, millions d'insectes, s'alarma-t-il.

D'autres dormeurs se réveillaient, les sens en alerte. Au-dessus des frondaisons, encore dans l'ombre, surgit soudain un nuage frémissant qui noircit le firmament dans la seconde.

— Des frelons du Troisième Corps expéditionnaire, s'extasia Evan. Ils ont donc réussi ! Les Cams sont foutus…

Les humains dansaient sur place, les bras levés comme s'ils accueillaient une averse providentielle en pleine canicule.

— Ce sont nos soldats EA ! cria Evan en se mettant à courir dans le bosquet.

Il n'alla pas bien loin. Depuis le mirador cam le plus proche, où les sentinelles étaient en alerte maximale, une langue de feu jaillit et le transperça de part en part. Il s'effondra, surpris en pleine allégresse, contemplant dans un dernier éclair de conscience le trou béant qui s'élargissait dans sa poitrine.

Dans le même temps, les premiers frelons soldats traversaient le bosquet en rase-mottes dans un vrombissement menaçant. C'étaient des insectes roux d'une taille impressionnante, corsetés d'une armure de chitine qui recouvrait leur abdomen et une partie de leur tête effilée où pointait une paire de longues antennes annelées. Ils frôlèrent les humains pour les identifier et fondirent sans hésiter sur les gardes cams les plus proches.

Ce fut la curée. Malgré leur peau épaisse, les reptiles n'étaient pas protégés contre les dards qui trouvaient sans faillir les défauts dans leur cuirasse ou les zones sensibles des yeux. Tous ceux qui n'étaient pas à l'intérieur des bâtiments furent mis hors de combat en à peine quelques secondes, terrassés par un venin mortel.

— On va leur faire la peau à tous ces lézards, rugit Anton, revenu de sa première surprise. Vous avez vu comment ils ont descendu notre copain Evan ?

Il brandissait un pistolet laser sorti comme par enchantement de son paquetage.

— Ne bouge pas, imbécile ! gronda Mikaël en tentant de le désarmer.

La brute n'eut aucune peine à bousculer le garçon et à l'envoyer bouler à quelques mètres. Il pointa son arme dans sa direction, avec un sourire triomphant.

— Hé, le négro ! railla-t-il. Tout le monde ici sait depuis longtemps que tu es le copain de ces serpents, mais tu vas morfler, et après on se paiera un joli sac de croco avec la peau du toubib et celle de sa gonzesse en prime.

— Lâche-le, cracha Lédia, hérissée comme une tigresse en fureur. Je t'avais pourtant dit de ne pas faire le malin avec ce laser. Si tu t'imagines qu'il suffit d'un nid de frelons pour éliminer les Cams. Tu fiches notre plan par terre…

— La ferme ! Ce n'est pas le moment d'écouter les gonzesses, s'immisça Berg, tout aussi excité que son comparse. Depuis le temps qu'on attend ce moment… Mais, quelque part, elle a raison, Anton : ne gaspille pas tes munitions sur ce morveux. On s'occupera de lui plus tard, et de sa petite mignonne en prime…

Une bande de braillards armés de massues improvisées se rua vers les bâtiments en dur où se réfugiaient les Cams, surpris par cette attaque matinale. C'était le moment où les défenses naturelles des reptiles étaient engourdies par le froid et l'obscurité. L'attaque des

EA n'avait pas été programmée par hasard à cette heure précise. Les mutins à sang chaud qui prétendaient se faire justice ne connaissaient pas ce genre de faiblesse.

Mais les Cams savaient s'adapter aux stratégies de leurs ennemis. Une sirène lança son appel et des projecteurs s'allumèrent aux quatre coins du camp. Une trappe souterraine s'ouvrit, livrant passage à des combattants équipés de combinaisons intégrales et de stylets laser prêts à l'emploi. Un drone silencieux survola les humains dans un frôlement de chauve-souris et laissa tomber au passage un filet aux mailles gluantes qui emprisonna une bonne moitié de la troupe.

Les Cams s'avancèrent en rangs serrés vers la zone de largage. Les frelons s'agglutinaient en vain sur ces scaphandres hermétiques, les aiguillons ne parvenant plus à injecter leur poison. Dans le même temps, les engins aériens qui se multipliaient dans les hauteurs diffusaient des aérosols qui faisaient des coupes claires dans la nuée d'insectes.

Rien ne pouvait s'opposer à la progression de ces fantassins blindés. Le massacre fut bref, et aussi efficace que dans un abattoir. Les stylets laser s'enfoncèrent dans les gorges offertes, les dos courbés, les ventres sans défense. Anton n'eut pas le temps de se servir de son arme. Il fut exécuté en priorité, ainsi que Berg qui tentait de parlementer.

Mikaël avait échappé au filet et tentait tant bien que mal de s'échapper de la zone des combats. Mombé avait pris Lédia par la main et l'entraînait au ras du sol vers les fourrés. Au moment où le trio se croyait en sécurité, il fut coincé par un lézard qui brandissait son arme. Mikaël se vit perdu.

— C'est moi, coassa une voix familière, n'ayez crainte...

— Waal ! s'exclama le garçon éperdu.

— Les démons sont lâchés. Les hommes de Rirss vont éliminer tous les humains, dit la deuxième forme reptilienne. L'attaque des frelons soldats et la mort d'une dizaine de gardes les ont rendus fous.

— Non, Veeze ! Rien n'est jamais écrit à l'avance... Suivez-nous tous les trois.

Ils s'enfoncèrent dans la forêt en direction des marais. Les deux Cams se frayaient une piste bruyante en couchant sans ménagement les arbres qui s'opposaient à leur progression, mais personne ne les suivait. Les frelons avaient disparu également.

Parvenu dans la zone des piscicultures, le super-prévôt ôta son casque, révélant son teint rouge vif, signe d'une forte émotion.

— Vous connaissez le terrain, jeta le saurien à bout de souffle. Marchez tout droit devant vous. Les forces terriennes sont, d'après les derniers renseignements, à moins de trente kilomètres du camp. Je vous laisse ceci, dit-il en tendant son stylet à Mikaël, je sais que vous ne vous en servirez pas comme d'une arme, mais comme d'une machette pour vous frayer un passage dans la jungle.

Mikaël se saisit de l'objet en se disant que la confiance était décidément très grande entre eux.

— Venez avec nous tous les deux, proposa Lédia d'une voix vibrante. Je vous ai mal jugés, et j'expliquerai à nos officiers de renseignement qui vous êtes et ce que vous avez fait dans ce camp pour adoucir le sort des prisonniers terriens...

— Impossible, décréta Waal en se raidissant.

— Alors pour la petite Yiuuta, au moins... plaida Lédia.

— *Nous sommes cinq, ce sera notre famille commune,* insista Mikaël en langage cam.

— Notre devoir est de rester ici. N'est-ce pas, Veeze ?

— Oui, Waal, même si ce n'est pas notre combat...

Le saurien se tourna vers le garçon et enserra sa main avec ferveur.

— Adieu, Mikaël. Si vous avez la vie sauve grâce à ma trahison, sachez en profiter... Nos destins vont se séparer, mais ce qui a été noué entre nous, personne ne nous le reprendra...

— *Adieu, Waal, je ne vous oublierai jamais !* articula Mikaël à grand-peine.

Les deux Cams rebroussèrent chemin sans plus s'attarder, et pendant un instant on entendit des craquements de branches qui s'éloignaient. Puis plus rien...

*
* *

Cinquante ans plus tard, alors que les mondes touchés par cette guerre universelle soignaient encore leurs plaies dans une paix fragile, Mikaël Sieb retrouva la trace de Yiuuta Waal. Mombé avait disparu depuis longtemps, et Lédia était morte prématurément après avoir partagé la vie du petit Noir pendant quelques années. Ils avaient quand même pu voir les montagnes de la Réunion sur la planète Terre, s'étaient tapés dans les mains en souvenir d'un vieux serment et s'étaient embrassés longuement sous une chaude pluie tropicale.

Yiuuta était une vénérable dame aux couleurs bleutées qui avait fondé la famille sextuple commune aux Cams, mais qui n'avait jamais pu reconstituer la lignée de ses parents, engloutie dans la terrible bataille de Stag 5.

Ils se rencontrèrent avec une indicible émotion, et Mikaël lui prit longuement la main pour lui parler d'un être cher.

… Et la lumière fut

Fabrice Colin

Né en 1972, Fabrice Colin appartient à cette génération d'auteurs de fantasy *issue du jeu de rôle, et découverte par Stéphane Marsan lorsque ce dernier présidait aux destinées des éditions Mnemos.*

Fabrice Colin a déjà une vingtaine de nouvelles et plus de quinze romans à son actif, du cycle de Winterheim *(1999) à* À vos souhaits ! *(2000) en passant par les* Confessions d'un automate mangeur d'Opium *(en collaboration avec Mathieu Gaborit, 1999) ou* Or not to be *(2002), où il explore avec bonheur toutes les facettes de la* fantasy *: conte de fées,* fantasy *sombre aux accents shakespeariens ou carrément burlesque,* steampunk, fantasy *urbaine (avec* Les Enfants de la Lune, *son premier roman pour la jeunesse, paru en 2001 dans cette même collection, prix de la PEEP 2002).*

Il s'est tourné récemment vers la science-fiction avec Dreamericana *(grand prix de l'Imaginaire 2004) et ses romans dans la collection « Autres Mondes » :* Projet oXatan *(prix des Incorruptibles 2003-2004),* CyberPan *(grand prix de l'Imaginaire catégorie jeunesse 2004) et* Le Mensonge du siècle *(2005, premier roman d'humour de la collection).*

... Et la lumière fut *est une variation contemplative et teintée d'humour de l'arroseur arrosé, une histoire de transfiguration qui débouche sur l'acceptation de soi-même par l'intermédiaire de l'Autre.*

Le jour où on lui apprit qu'il allait enfin repartir pour les étoiles, mon père se sentit si joyeux qu'il décida d'inviter toute sa petite famille au restaurant.

Cela faisait bien longtemps qu'une telle chose n'était pas arrivée : les McKaïn n'avaient guère l'habitude de dîner à l'extérieur, et certainement pas tous les quatre ensemble. Aussi était-il indispensable, pour préserver le secret, de mettre les esclaves dans la confidence.

— Préparez à manger comme d'habitude, ordonna mon père. Et si l'un de vous vend la mèche, il sera fouetté jusqu'au sang. Compris ?

Les serviteurs opinèrent. Le général McKaïn se frotta les mains avec satisfaction. Il s'apprêtait à quitter la cuisine lorsqu'il m'aperçut.

— Aphrodite. Qu'est-ce que tu fiches ici ?

— Salut, papa !

— Je suppose que tu as tout entendu.

Je tentai une grimace.

— À peine.

Il me tira par le bras.

— Viens avec moi. Je t'ai déjà dit cent fois de ne pas traîner avec les esclaves.

— Je ne traînais pas : je discutais.

— Mouais.

Mon père était un homme de discipline. Il avait combattu les barbares dans les jungles vénusiennes et il avait fait partie des armées martiennes ayant maté la Cinquième Insurrection (il y avait même perdu l'usage de ses jambes, soutenues désormais par des prothèses biomécaniques). Quand il s'agissait de tenir un discours constructif à ses enfants, en revanche, il perdait tous ses moyens.

Nous entrâmes au salon.

— Bon, soupira mon père, je comptais vous faire une surprise, mais Aphrodite est déjà au courant, je vais donc vous l'annoncer tout de suite.

Occupés à suivre la retransmission holographique d'un combat de gladiateurs au-dessus de la table basse, ma mère et mon frère (quinze ans et demi – j'étais l'aînée d'un an) notèrent à peine sa présence. Le duel auquel ils assistaient avait l'air si réel qu'ils s'écartaient parfois brusquement de peur de prendre un coup de glaive.

Mon père s'éclaircit la voix.

— Hum. Le général Horso McKaïn vous parle !

Aucune réaction. Sa femme et son fils étaient hypnotisés par le combat. L'un des gladiateurs saignait à l'épaule et semblait sur le point de s'évanouir.

— S'IL VOUS PLAÎT ! gronda mon père en passant sa main au travers des combattants. Je vous demande un instant d'attention !

Mon frère haussa un sourcil sans quitter les gladiateurs des yeux. Ma mère attrapa la télécommande et fit disparaître l'image d'un clic.

— Hein ? gémit mon frère, brusquement rendu à la réalité, vous êtes malades ou quoi ? C'était la demi-finale des Blood Masters !

— Surveille ton langage, cingla mon père. Il se trouve, jeune homme, que j'ai d'autres projets pour vous ce soir.

— D'autres projets ?

D'un geste altier, mon père rabattit sa toge sur son épaule.

— Je vous emmène au Vieux Spartiate, annonça-t-il non sans emphase. Nous allons manger du poulpe d'eau douce et des feuilletés aux légumes !

Nous le regardâmes interdits.

— Aurais-tu... Aurais-tu une nouvelle à nous annoncer ? demanda doucement ma mère.

— Allez vous habiller, répondit mon père. L'aéroglisseur nous attend.

*

* *

Le Vieux Spartiate était l'un des meilleurs restaurants d'Athènia, Athènia était la capitale de Vénus, et Vénus était (de loin) la planète la plus riche et la plus agréable du système solaire. Pour autant, mon père n'avait pas eu besoin de réserver la meilleure table. Elle lui avait été attribuée d'office en sa qualité de tribun.

La tradition officielle voulait que seuls les membres les plus performants de l'espèce humaine accèdent au poste de tribun. En d'autres termes, mon père faisait partie des deux cents personnes les plus importantes de Vénus.

Il y a quelques siècles encore, on ne pouvait prétendre à ce privilège qu'après avoir passé une centaine de tests intellectuels, psychologiques, moraux et culturels. Certes, tout le monde pouvait se présenter, mais les concurrents étaient ensuite classés selon leur score et disposés sur une liste d'attente interminable en espérant qu'une place se libère.

Heureusement pour mon père, ce système de sélection n'avait plus cours depuis des décennies. Bien que les membres de l'Assemblée répugnassent à le reconnaître publiquement, tout le monde savait que les places étaient dorénavant attribuées par voie héréditaire. Mon grand-père avait été tribun. Mon frère prendrait sans doute le relais un jour.

— Alors ? lança mon père en posant les mains sur la table, vous ne me demandez pas ce que nous faisons là ?

— Qu'est-ce que nous faisons là ? questionna poliment mon frère.

Un sourire radieux éclaira la figure de mon père. Je fixai le contenu de mon assiette.

— Et toi, Aphrodite ?

— Tu vas nous acheter un nouvel esclave ?

Le sourire de mon père se figea.

— Encore mieux, dit-il. J'ai reçu l'ordre de mission que j'attendais depuis des années.

Notre mère ouvrit de grands yeux :

— Chéri ?

— Oui, trésor. Nous partons en voyage.

— Quand ça ? fit mon frère, un peu inquiet. Parce que moi, j'ai mes examens dans deux mois, et on a ce voyage d'études sur Terre juste après...

— Oublie la Terre, mon garçon. Je vous emmène dans un endroit situé à trois cent quarante années-lumière d'ici.

Mon père fouilla dans les replis de sa toge et en sortit un petit commutateur, qu'il actionna d'une pression. Un système stellaire complet se matérialisa en 3D au-dessus de la table : une grosse étoile rougeâtre autour de laquelle gravitaient quatre planètes de corpulences diverses.

— Je vous présente le Système Épicuria, commença-t-il. Vous voyez la deuxième planète, celle avec l'anneau d'astéroïdes ?

Du bout du doigt, il suivait la course de l'astre.

— Elle fait à peu près la même taille que Mars. L'atmosphère y est propice à la vie, la gravité très légèrement supérieure à celle de la Terre.

— Qu'est-ce qu'il y a à faire sur ce caillou ? dis-je en jouant avec une mèche de mes cheveux.

Mon père se servit un verre de vin grec et le vida d'une traite.

— La mission qui m'a été confiée est de nature diplomatique. La planète est habitée par des êtres pensants, et nous devons les civiliser.

— Pour quoi faire ?

— Eh bien, pour qu'ils apprennent à vivre comme nous.

— Pour quoi faire ?

Mon frère me poussa du coude :

— T'es pénible avec tes questions !

Mon père leva une main.

— Non, non : laisse, elle a le droit de savoir. Le but de la civilisation, ma chère, est d'offrir un cadre, une structure aux peuples amis, afin qu'ils puissent se gouverner et, surtout, organiser des échanges avec d'autres races de la galaxie.

— Des échanges ?

— Leur planète est très riche en pirulite, un minerai inconnu qu'on ne trouve que là-bas. Plusieurs sociétés d'exploitation ont déjà pris position, mais il faut définitivement que nous discutions avec les populations locales, que nous leur expliquions pourquoi nous sommes là.

J'étouffai un bâillement.

— En fait, vous exploitez cette planète et, en contrepartie, vous expliquez à ceux qui habitent dessus pourquoi ils doivent vous laisser faire.

Mon père se gratta le sommet du crâne.

— Bien que rien ne m'y oblige théoriquement, jeune fille, je vais tout de même te répondre. Nous utilisons les ressources de cette planète à des fins essentiellement militaires. Je te rappelle que le rôle de l'Assemblée athénienne, au cas où tu aurais oublié tes cours d'histoire, est de gouverner la galaxie dans l'intérêt commun de *tous* ses habitants et d'apporter sa protection aux peuples qui en font la requête.

Tête baissée, je plantai ma fourchette dans un morceau de poulpe tremblotant.

— Ma réponse te satisfait-elle ? demanda mon père.

— Mmmm.

— Alors c'est parfait. Qui veut du dessert ?

— Tribun McKaïn ?

Un homme vêtu d'une toge mordorée venait d'apparaître devant notre table. Sans préambule, il prit la main de mon père et la broya dans les siennes.

— Je voulais vous adresser personnellement tous mes vœux de réussite, mon cher.

— Oh, eh bien… merci beaucoup… fit mon père, je tâcherai de me montrer digne de la mission que notre noble Assemblée…

— Ne vous inquiétez pas, le coupa notre visiteur. Je suis sûr que ça ira.

Il s'inclina pour nous saluer et s'éloigna comme il était venu, disparaissant sous les oliviers de synthèse.

— C'était le président de l'Assemblée, murmura mon père. J'ai vécu une journée bizarre, aujourd'hui. Je parlais — je n'arrêtais pas de plaider en faveur d'une politique d'expansion économique —, et je le voyais secouer la tête, les lèvres pincées. Et pourtant, c'est lui qui m'a confié cette mission, lui en personne ! Et nul n'a trouvé à y redire.

— Peut-être qu'il voulait se faire pardonner ? a suggéré ma mère. Peut-être qu'il a compris enfin de quelle étoffe tu étais fait ?

Mon père se frotta le menton. Ses yeux brillaient de fierté.

*

* *

Trois jours plus tard, la famille McKaïn au complet s'envolait pour la deuxième planète du Système Épicuria. Pour ceux d'entre vous qui ne seraient pas très familiers de la Première Ère athénienne (XVIe siècle après l'Exode), je dirai simplement qu'à cette époque les transferts par corde stellaire n'existaient pas depuis très longtemps. Le voyage de l'humanité vers les étoiles venait à peine de commencer : le peuple terrien envoyait ses vaisseaux aux quatre coins de la galaxie avec l'ambition de civiliser ce qui pouvait l'être (les races rencontrées, quand elles étaient capables de penser, s'étaient toujours révélées d'un niveau technologique très inférieur au nôtre) et de développer des échanges commerciaux. Aucun peuple n'avait encore opposé de sérieuse résistance : ceux qui avaient tenté de le faire avaient été promptement annihilés.

— Et voilà, fis-je, on est partis.

Le front posé sur le hublot de notre salon classe premium garni de marbres rares et de lourdes tentures, nous regardions s'éloigner la belle planète Vénus. Pour mon frère, c'était une première. Je le sentais nerveux.

— Dis donc, qu'est-ce qu'il se passe si les modules de réadaptation temporelle ne marchent pas ? demanda-t-il d'une voix étranglée.

— Ça n'est jamais arrivé.

— Oui, mais si ça arrive quand même ?

— Eh bien, c'est simple : pour toi, deux semaines auront passé mais, pour les autres, ce sera quatre siècles. Ce qui fait que tous les gens et les choses que tu connais auront disparu.

Interloqué, mon frère se détacha de son poste d'observation et alla s'asseoir sur le rebord de la fontaine, au milieu du salon. Trident en main, une statue d'éphèbe bouclé tournait la tête vers les étoiles. Je m'étirai pensivement en faisant claquer une bulle de chewing-gum. Une porte coulissa dans notre dos. Vêtue d'une toge bleue pailletée d'or, notre mère s'avança au bras de son époux.

— Alors, les enfants, vous vous amusez bien ?

— Non, dis-je. On s'ennuie à mort, on fait semblant de discuter.

— Hum, sourit mon père. Profitez-en, hein ? Parce que dans — il consulta les chiffres digitaux imprimés sur son poignet — précisément sept heures six minutes les couvercles de nos modules se refermeront, et nous traverserons l'espace infini à la vitesse de la pensée.

Sa femme l'étreignit brièvement :

— Tu parles bien, mon chéri.

— P'pa ?

Mon père pivota :

— À quoi ils ressemblent, les habitants de la planète où on va ?

— Je n'en sais rien, reconnut mon père. D'après les

rapports, c'est une race tout à fait pacifique ; ils ne devraient pas nous poser de problèmes.

*
* *

Je m'allongeai sur la couche matelassée de mon module de réadaptation. Le couvercle venait de se refermer et je me demandais quel sorte de rêve j'allais choisir pour passer plus agréablement les quelques heures/siècles que durerait le voyage.

Tandis que je réfléchissais, la douce voix maternelle de l'intelligence artificielle centrale susurrait les consignes et les renseignements d'usage. Dans trois minutes, le *Périclès-IV* s'arrimerait à la station Plutonia et serait pris en charge par un container de transfert, après quoi le container en question, ses coordonnées dûment enregistrées, se rangerait le long du filament énergétique qui se perdait dans l'espace et, insensiblement, se fondrait en lui, disparaissant de tous les écrans radars.

Au même instant, nous émergerions à trois cent quarante années-lumière de là, et la station réceptrice commencerait d'émettre ses signaux d'accueil.

— Avez-vous fait votre choix ?

Je pris mon chewing-gum et le collai dans un coin de l'habitacle. Ce que j'aurais voulu, moi, c'est rester les yeux ouverts tout du long pour voir ce que ça faisait de traverser le temps et l'espace. Mais naturellement, c'était tout à fait impossible.

— Je veux rêver de la vraie Grèce, dis-je. Je voudrais être sur Terre avant l'Exode. Je voudrais être à Athènes, pas à Athènia. Je voudrais assister à une séance de l'Assemblée.

— *Désolé. En raison d'une pénurie de données historiques, le programme que vous commandez n'est pas disponible.*

Je m'apprêtai à répliquer, puis me ravisai. C'était chaque fois la même chose avec cette machine. Je voulais voir des dieux, je voulais connaître la mort, je voulais toucher le visage du temps et, toujours, on me demandait un autre choix. Mes parents pensaient que je le faisais exprès. « Tu n'as pas un rêve plus classique ? me répétait ma mère. Je ne sais pas, moi, un concours de beauté, ou bien tu es sur une planète aux lagons couleur émeraude et... »

Je fermai les paupières.

— Je voudrais rencontrer des êtres d'un autre monde, dis-je. Mais pas comme une terrienne. Ce qui me plairait, c'est de vivre comme eux.

L'intelligence artificielle parut réfléchir.

— *Désolé. Le programme exigé n'est pas disponible.*

— Je peux savoir pourquoi ?

— *Désolé. Par suite d'un dysfonctionnement interne, la réponse à votre question est momentanément en attente. Veuillez patienter.*

La colère montait en moi. J'inspirai profondément et posai ma main sur le commutateur.

— Tu sais quoi ? Laisse tomber. Fais-moi juste dormir.

*
* *

Lorsque j'ouvris les yeux, je demeurai un instant désorientée. Bien sûr, un voyage par corde stellaire, aussi bref soit-il, se terminait rarement sans quelques menus effets secondaires, mais ce n'était pas uniquement ça.

J'avais rêvé.

Sans un bruit, le couvercle du module s'abaissa.

Je posai mes pieds nus sur le sol de marbre. J'avais rêvé, et il s'était passé dans mon rêve exactement ce que j'avais demandé. J'avais vécu sur un autre monde, j'étais devenue une habitante de cette planète. Comment était-ce possible ?

Et ce désert que j'avais traversé : une plaine immense aux couleurs ondoyantes, barrée au loin par des montagnes escarpées. J'avais marché des jours et des jours sans ressentir la moindre fatigue. Je m'étais sentie heureuse, inexplicablement.

— C'est tout ?

Je relevai la tête. Mon frère, qui venait de descendre de son module, inspectait les paumes de ses mains. Il était tout surpris de ne constater aucun changement.

Je haussai les épaules. J'étais encore tout imprégnée de sommeil. Je revoyais ce plateau à perte de vue, écrasé par un soleil énorme…

Je ne suis pas seule.

De temps à autre, je m'étais retournée. La plaine était ocre, grise quelquefois, ou cuivrée, comme la peau d'un très ancien et très mystérieux reptile. Sur les collines environnantes, j'avais distingué des silhouettes nonchalantes, des formes vaporeuses filant parmi les vents. Je n'avais pas cherché à les rejoindre. Leur présence m'avait suffi.

Pour finir, j'étais arrivée au bout du désert. Je m'étais penchée au-dessus de la corniche pour essayer d'y voir mieux, mais je n'avais rien vu : rien que des brumes, de vagues taches mouvantes. J'avais cligné des yeux. Le soleil chaud et aveuglant m'avait toisée comme un père. J'avais tendu la main vers lui. L'avais presque touché.

— Moi, ricana mon frère dans mon dos, j'ai rêvé que je gagnais une course d'aérochars. Et tu sais qui remettait le prix ? Soliane Arthémide, tout juste ! Elle ne faisait pas sa farouche, ça non ! Elle ne sortait même plus avec ce crétin de Téhlyclède.

Je ne répondis pas. J'avais un goût de sable dans la bouche.

*

* *

Quelques heures plus tard, notre vaisseau s'arrimait à la base. Nous étions entrés sans encombre dans le Système Épicuria.

De quelle couleur était cette deuxième planète ? Difficile à dire. De celle de nos humeurs, peut-être. Le ciel, en tout cas, arborait un bleu éternel.

— C'est là où on va habiter ?

Autour de nous se dressaient de hauts bâtiments à colonnes doriques. Leur blancheur était aveuglante. Le style néoclassique ne nous était pas étranger, mais il surprenait un peu au milieu de cette désolation. Aucun arbre, aucune plante, aucun point d'eau. Les tours du palais s'ouvraient en demi-cercle face au désert.

Sitôt que nous eûmes mis pied à terre, un homme vint à notre rencontre. Il était calme, serein, nullement ému de nous voir débarquer.

— Je suis le consul Priopan. Bienvenue sur notre planète sans nom.

— Sans nom ? répéta mon père en lui serrant la main. Il faudra remédier à ce manque.

— Si vous voulez bien me suivre…

Nous pénétrâmes dans une cour centrale pavée de pierre blanche et protégée par un toit énergétique invisible. Des soldats en uniformes grecs formaient une haie d'honneur.

— Ouah ! s'extasia mon frère, visez ces lames, on dirait de vrais glaives !

— Ce *sont* de vrais glaives, précisa le consul, mais le métal dans lequel ils ont été forgés ne provient pas des mines de cette planète.

— Non ?

— Non. Il vient de la Terre.

Lissant sa toge, il enchaîna :

— Je présume que vous aimeriez vous reposer une heure ou deux. Ce genre de voyage est plus éprouvant qu'on ne le croit.

— Plus long, surtout.

Le consul posa une main sur mon épaule.

— Et voilà la grande sœur, hein ? Tout le portrait de sa maman.

Ma mère sourit machinalement. Le consul la prit par le bras et l'entraîna vers la salle de réception. Mon frère et moi suivîmes. Resté en arrière, mon père s'entretenait déjà avec les scientifiques de la base.

Après un portique, nous découvrîmes une baie gigantesque qui donnait sur le désert. J'en eus le souffle coupé. Je n'avais pas eu l'occasion de voir réellement le paysage lorsque la navette de transfert s'était arrimée, mais ce que je découvrais à présent n'était pas seulement une étendue aride à la beauté sauvage : *c'était d'abord et avant tout le décor de mes rêves*.

— Hé, tu t'es mordu la langue ?

Je ne répondis pas à mon frère. Je laissai passer les autres. Mon père, toujours en grande discussion, se retourna vers moi au bout du couloir.

— Tu viens ?

*
* *

— Le principe est simple. Ce bouton-là, c'est pour communiquer à distance. Chaque membre de votre groupe est identifié par un numéro. Vous appuyez, vous dites le numéro, vous parlez, hop, vous relâchez. Sur ce cadran, les mesures habituelles, température, pression atmosphérique, hydrométrie, et cætera. En cas de tempête ou de toute autre perturbation, vous pressez ce machin et votre casque se referme automatiquement. Bon, en théorie, on n'a pas besoin de combinaison — faites comme si je ne vous l'avais pas dit, d'accord ? Où en étions-nous ? Ah oui, vous avez ici des vivres lyophilisés, de quoi tenir trois jours sans se priver. Ce truc, c'est le système de recyclage pour vos déchets corporels, et ça, ce sont les fusées de détresse ; il y en a quatre, visibles jusqu'à cinquante kilomètres. En ce qui concerne les êtres qui vivent dans le désert, je crois que vous devriez...

— Je sais, dis-je. Nous ne sommes pas censés nous en approcher. Mon père me l'a déjà expliqué une bonne centaine de fois.

L'homme, qui me présentait mon équipement de sortie, était visiblement gêné.

— Ils ne parlent pas, précisa-t-il. Disons, pas au sens où nous l'entendons. Mais si votre père vous a recommandé de vous tenir à l'écart...

Je fis la moue.

— Avons-nous des raisons d'avoir peur ?

L'homme attrapa un petit pistolet à aiguilles posé sur une étagère, enfonça un chargeur et me le tendit.

— Prenez ça, si vous voulez. Chaque recharge contient six aiguilles anesthésiantes dont l'effet est immédiat, du moins en ce qui concerne les organismes référencés.

— Et ces créatures ? Est-ce qu'elles ont été référencées ?

— Ne me posez pas trop de questions.

Sceptique, je le remerciai et quittai la salle. Mon père m'attendait devant le sas, accompagné de mon frère, qui avait refermé son casque.

Je tapotai la visière.

— T'as pas besoin de ça, imbécile ! L'air est 100 % respirable.

Mon père épousseta le coffret noir qu'il tenait sous le bras.

— Arrête de l'ennuyer. Tu ne vois pas qu'il est anxieux ? C'est sa première sortie en extérieur.

— J'suis pas anxieux, répliqua l'intéressé. J'suis allergique à la poussière.

— Mouais, fis-je. On n'a qu'à dire ça.

Dans le silence tout neuf du sas, une première porte coulissa. Au-dessus de nos têtes, un compte à rebours lumineux égrenait en relief les secondes qui nous restaient à patienter.

3… 2… 1… La dernière porte s'ouvrit. Nous nous engageâmes sur une passerelle et prîmes place dans un genre d'ascenseur grillagé.

L'appareil descendit lentement.

Le désert s'offrait à notre vue, tout en reflets changeants.

— C'est beau, dis-je.

— Bof, répondit mon romantique de frère.

Trente secondes plus tard, nous atteignîmes le sol. Derrière nous, les hauts bâtiments de la station étendaient leur ombre rassurante sur la terre. Un pilote patientait aux côtés d'une barge antigrav.

Mon père nous poussa en avant.
— On va commencer par une petite balade, annonça-t-il. Une heure ou deux, pas plus. Histoire de faire connaissance avec le paysage.
Je me laissai tomber sur la banquette arrière. Mon frère prit place à mes côtés :
— P'pa ?
Mon père se tortilla sur son siège passager.
— Qu'y a-t-il, fils ?
— En quoi ça consiste, ton travail ?
Le général réfléchissait. Je le pris de court :
— On a déjà la réponse, dis-je. Établir des échanges, c'est ça le boulot. Apporter la civilisation. Puissant comme concept, non ?
— Aphrodite, je n'apprécie guère ta manière de tout tourner en dérision.
Je fronçai les sourcils, tournée vers mon frère :
— La civilisation, mon petit, c'est le mot magique pour expliquer les guerres et la pauvreté. C'est comme un gros animal, tu vois ? Faut lui donner à manger.
— Arrête de me prendre pour un débile.
La barge atteignit rapidement sa vitesse de croisière. Je me calai dans mon siège et croisai les mains derrière ma tête. Le ciel était chauffé à blanc et, au zénith, on distinguait nettement la ceinture d'astéroïdes : des millions de roches en suspension, prisonnières pour l'éternité.
Je jetai un œil à mes compteurs. La température extérieure s'élevait à 34 °C. Avec le vent, ça restait supportable.
La barge antigrav se rapprochait des premiers contreforts. Penchée sur le rebord, j'admirais les nuances du paysage. Des nappes de couleurs ondulaient comme des vagues, formant une mosaïque de reflets irisés.

Peu sensible aux splendeurs du paysage, mon père se concentrait en fixant l'horizon. Ses mains polissaient distraitement la boîte noire posée sur ses genoux. J'allais poser une question lorsque le pilote montra un relief.

— Là-bas !

Nous tournâmes la tête.

À environ deux cents mètres, à mi-hauteur d'une colline escarpée, trois disques métalliques glissaient au ras du sol, souples et fluides comme des galettes de mercure.

Mon frère se dressa :

— Hé ! C'est quoi ces machins, p'pa ?

Mon père rabaissa sa visière et tapota le bras du pilote.

— Approchez-vous.

Le pilote acquiesça. La barge se stabilisa un instant, puis pivota vers les trois disques et glissa silencieusement dans leur direction. Je ressentais un mélange d'angoisse et d'excitation.

— On peut descendre ?

— Nous allons tous descendre, répondit mon père. Mais vous ne bougez pas avant que je l'aie demandé, et vous obéissez à mes instructions.

Le pilote coupa les moteurs à distance respectable. Les trois disques s'étaient immobilisés. Ils vibraient avec douceur.

Mon père mit pied à terre et ouvrit son boîtier, tout en marchant vers eux. Une petite antenne se déploya, qui devait être un émetteur.

Mon père s'arrêta. Nous nous tenions derrière lui. Les trois disques nous attendaient.

— Salut, au nom du peuple de la Terre !

À peine mon père avait-il prononcé ces mots que des voyants se mirent à clignoter sur le côté de son boîtier. L'émetteur se tourna vers les trois disques et une voix grésilla dans le haut-parleur: « *Gara_and'da_ara_ang'. Sstrsss'ssstrs. Ouloumbanassaloum. Clic clic declic clic. Uum !!! mm !! mum !!!!* »

Mon frère et moi affichions la même expression incrédule.

— Cette machine traduit mes paroles dans une centaine de langages connus et répertoriés à travers la galaxie, expliqua mon père. On ne sait jamais, peut-être qu'il y en a un qu'ils connaissent.

— En fait, répondit une voix, nous les connaissons tous.

Mon père émit un hoquet de surprise. Mon frère resta la bouche ouverte. Le pilote, lui, s'était adossé à sa barge et bâillait discrètement.

— Nous ne voulions pas vous effrayer, reprit la voix. Souhaitez-vous que nous partions ?

Mon père retrouva un semblant de contenance.

— Euh... Non. Bien sûr que non ! C'est juste que nous somme surpris... Nous...

— Vous ne savez pas d'où vient la voix.

— Non, reconnut le général Horso McKaïn, horriblement gêné.

Aussitôt, les trois disques se regroupèrent en un seul. Nous étions ébahis. Une sphère commença à se former. Très vite, elle s'étira, s'affina en douces contorsions, et quatre appendices en sortirent pour se subdiviser à leur tour.

— Fabuleux ! souffla mon frère.

Devant nous, à quelques mètres à peine, la sphère était en train de prendre une apparence humaine. En moins de dix secondes, elle y était quasiment parvenue. L'être ainsi créé ne possédait pas de sexe ni de système pileux et sa peau tirait vers le bleu cobalt mais, pour le reste, il ressemblait en tous points à un habitant de la Terre.

Il tendit la main.

— Bonjour.

Mon père eut un moment d'hésitation.

— Ne le touche pas ! fit mon frère, c'est sûrement un piège.

— Vous n'êtes pas obligé, dit la créature. Nous pensions que vous vouliez nous saluer. Nous étions prêts à répondre de façon appropriée.

— Eh bien… hésita mon père, pour tout vous avouer, j'étais loin de me douter que vous parliez notre langue, mais c'est bien, c'est remarquable… Où… où l'avez-vous apprise ?

— Apprise ?

— Oui, quelqu'un vous l'a-t-il enseignée, ou…

— Nous n'avons pas besoin d'apprendre, répondit la créature. Nous ressentons.

Mon père se gratta le casque. Bien qu'il essayât de ne pas le montrer, on voyait bien qu'il était troublé. Pour ne pas dire plus.

— Impressionnant, fit-il.

La créature souriait. Elle ne semblait ni agressive, ni pressée, ni particulièrement curieuse : en fait, elle ne semblait… rien. De temps à autre, elle tournait son visage vers le soleil et clignait des yeux avec une expression de complète béatitude.

— Impressionnant, répéta mon père.

Mon frère se rapprocha.

— P'pa, tu crois qu'il est idiot, ce machin ?

— Tais-toi, fit mon père en refermant son traducteur universel. De toute évidence, ces êtres sont emplis de bonnes intentions. Je t'accorde qu'ils n'ont pas l'air très évolués en termes d'échanges, mais cela va sans doute nous faciliter la tâche.

— Nous sommes prêts à vous faciliter la tâche, fit la créature.

Mon père l'observait avec méfiance.

— Oui, euh... bien sûr. C'est... comment dire ? Très aimable de votre part. À présent, pourriez-vous me laisser parler à votre chef ?

— Chef ?

— Celui qui vous commande.

La créature continuait de sourire aimablement.

— Nous n'avons pas de chef.

— Un roi, alors ? Un chaman ? Un mâle alpha ?

— Non. Désolé.

Mon père tourna plusieurs fois sa langue dans sa bouche.

— Qui prend les décisions, chez vous ?

— Les décisions ?

— Oui, pour les guerres, ou la nourriture, ou quand il y a un problème...

— Il n'y a pas de problème, répondit la créature. Il n'y a pas de guerre, et nous ne consommons pas de nourriture, c'est pourquoi...

— Ça va, ça va, fit mon père en levant une main, j'ai saisi.

Je le tirai par le bras.

— Il vaudrait mieux le laisser, non ?

— Très amusant, ma chérie.

De nouveau, il s'adressa à la créature :

— Si je vous comprends bien, vous n'avez pas de chef, c'est ça ? J'en conclus que chaque membre de votre race est habilité à prendre des décisions pour l'ensemble du groupe.

La créature ne le contredit pas.

— Excellent, continua mon père. Parce que, voyez-vous, nous avons un certain nombre de questions à examiner.

— Des questions ?

— Relatives aux rapports entre nos deux peuples. Nous avons déjà commencé à installer des usines de forage. Je présume que nos manœuvres ne vous ont pas échappé ?

— Cela ne nous gêne pas.

Mon père croisa les bras avec humeur.

— Pour l'instant, peut-être, mais il faut tout de même en discuter.

La créature ne bougeait pas.

— Papa, murmurai-je, tu ne vois pas qu'il n'a pas envie de causer ?

— Je ne lui demande pas son avis, répondit mon père avec une pointe d'agacement. J'ai été envoyé pour accomplir une mission et je ne repartirai pas d'ici sans m'en être acquitté. Je connais les extraterrestres, ma fille. Au début, ils prétendent que tout est pour le mieux et, pour finir, on se retrouve avec une révolte sur les bras.

*
* *

Le lendemain matin, nous attendîmes la créature devant notre base. Nous n'avions pas encore très bien compris à qui nous avions affaire.

Rendez-vous avait été pris au terme d'une conversation de près de deux heures. Mon père était assez énervé : son interlocuteur n'avait pas l'air de prendre vraiment les négociations au sérieux. On pouvait lui parler de droits du sol, de stations de traitement, de risques de guérilla... On pouvait lui parler de n'importe quoi : il continuait de sourire.

— Mais aujourd'hui, ça va changer, soliloquait Horso McKaïn. Aujourd'hui, je vais lui ordonner de constituer un gouvernement.

— Quoi ? fis-je.

— Tu m'as bien entendu. La démocratie athénienne telle que nous l'avons héritée de nos ancêtres est le meilleur système politique possible : la chose a été scientifiquement prouvée. Et nous avons absolument besoin que ces... êtres mettent sur pied un gouvernement avec lequel nous puissions traiter.

— Et si vous vous en fichiez ? demanda mon frère. Je veux dire, si vous preniez simplement le pirulite et que vous repartiez ensuite ?

— Pour une fois que tu dis un truc intelligent, reniflai-je.

— Tu veux une baffe ?

— Silence !

Engoncé dans sa combinaison, mon père tapait du pied. L'extraterrestre lui avait assuré qu'il arriverait peu de temps après le lever du soleil, et le moment était proche.

— Regardez !

Mon frère, qui avait une excellente vue, pointait l'horizon du doigt. Dans le lointain, une armada de disques flottants, semblables à ceux de la veille, glissaient en rangs serrés vers la base. Il y en avait bien une centaine.

Au sommet des tours de contrôle, les gardes observaient la scène avec leurs jumelles. Mon père se retourna vers eux et agita la main, comme pour les inciter à garder leur calme.

Conseil inutile. Les disques s'étaient arrêtés.

— Il est où, notre copain d'hier ?

Mon frère n'avait pas fini de poser sa question que

les disques commencèrent à se rassembler et à s'agglomérer. Mon père braqua ses jumelles.

— Qu'est-ce que…

C'était un spectacle assez extraordinaire, de voir ces choses fusionner, s'incorporer les unes aux autres. Un spectacle similaire à celui de la veille, à ceci près que, cette fois-ci, les disques n'étaient pas que trois.

Plutôt trois cents.

Et encore une fois, une créature prenait forme, un être immense, haut comme un immeuble de cinq étages !

Pendant une poignée de secondes, il vacilla sur la plaine, menaçant de perdre l'équilibre. Puis il reprit ses esprits et s'avança vers nous à grands pas.

— Activez les canons de défense ! ordonna mon père aux gardes des tours.

Courageusement, les poings serrés, il se retourna vers le nouveau venu.

Mon frère et moi n'en menions pas large.

— Aphrodite ?

— Mmmm ?

— Pourquoi ils n'obéissent pas, les gardes ?

— Ça m'étonnerait que papa les… Hé, mais qu'est-ce qu'il fabrique ?

Nous demeurions bouche bée : n'écoutant que son courage, et en dépit des cris horrifiés de ma mère (qui venait de sortir à son tour et nous rejoignait en courant), mon père marchait droit sur la créature !

— Stop, lui cria-t-il en levant les bras, au nom de l'Assemblée interstellaire, je vous somme immédiatement de…

Il s'arrêta.

La créature venait de s'asseoir en tailleur à quelques mètres de lui.

Mon père osa un pas.
— Bonjour, dit la créature avec son éternel sourire. Nous sommes tous venus.
— Co… comment ça, tous ?
La créature pencha la tête de côté.
— Attendez… Vous voulez dire que vous êtes tous dans ce corps ?
La créature opina. Son visage et sa peau étaient si incroyablement lisses !
— Je suppose, fit mon père, que vous ne prenez pas en compte les autres habitants de cette planète. De toute façon, il est peu probable que vous puissiez les…
— Vous vous trompez.
— Je vous demande pardon ?
— Nous sommes tous là. Absolument. Nous sommes venus pour vous.
— Vous vous moquez de moi. Je n'ai vu que deux cents de vos, hum… congénères, trois cents à tout casser, et…
La créature balaya l'objection :
— Ces chiffres n'ont aucune signification. Nous ne nous définissons en tant qu'individus que parce que vous semblez attachés à cette notion.
— Je ne comprends pas.
— Je sais. C'est pour cela que nous sommes venus. Pour vous aider à comprendre.

*
* *

Le soir même, nous prenions notre dîner en compagnie du consul Priopan et des scientifiques de la base. Manger du coq au vin à trois cent quarante années-lumière de la Terre était une expérience fort inhabituelle, mais on s'habitue à tout.

Ce qui m'ennuyait, c'est que mon père parlait vite et trop fort. Sa discussion avec l'extraterrestre géant l'avait passablement agacé, et notre petite assemblée en faisait les frais.

— Franchement, je suis dépassé. Ces imbéciles n'ont aucune organisation sociale. Ils ne se voient même pas comme des individus. Lorsque je leur demande combien ils sont sur cette planète, ils disent deux cents, et l'instant d'après, c'est soixante milliards, ou bien deux, juste deux. Au début, je croyais qu'ils se moquaient de moi. En vérité je finis par me dire qu'ils sont complètement idiots.

— Peut-être, suggéra un scientifique, peut-être que leur intelligence n'est pas appréhendable selon nos critères ?

— Qu'est-ce que ça signifie ?

— Eh bien, peut-être que, pour eux, ce sont nous, les idiots.

Mon père haussa les épaules.

— Allons, fit le consul en lui resservant du vin, finalement, ce n'est pas une mauvaise nouvelle, hein ? Si la notion de propriété ne les concerne en rien, comme vous le laissiez entendre tout à l'heure, nous pouvons considérer que cette planète n'appartient à personne, et continuer à exploiter ses ressources en toute impunité.

Horso McKaïn se renfrogna.

— Le problème, voyez-vous, c'est que, moi, j'ai une mission. Je dois rendre des comptes à l'Assemblée : à l'heure actuelle, je ne considère pas cette planète comme civilisée.

Le consul s'essuya la bouche d'un coin de serviette.

— Comme vous voudrez, mon cher. J'ai fait donner des ordres pour que votre théâtre soit construit au pied des montagnes. Notre « ami » a eu l'air d'entendre ce que vous lui disiez, tout à l'heure. Je suis sûr que lui et les siens seront au rendez-vous. Vous verrez bien ce que vous parviendrez à accomplir.

Mon père hocha la tête et se resservit une portion de coq au vin. Je devinais ce qu'il pensait. Je pouvais presque entendre les mots. Son entrevue avec les extraterrestres le plongeait dans une intense confusion. Certes, ces créatures étaient pacifiques et se montraient disposées à coopérer — elles avaient d'ailleurs accepté sans discuter l'idée d'un nouveau rassemblement fixé quelques jours plus tard —, mais au fond on avait l'impression qu'elles s'en moquaient complètement.

*

* *

Le lendemain, mon père partit dès l'aube superviser les travaux du théâtre. Le reste de la famille dormait encore. Je décidai de l'accompagner.

Le site choisi se situait à une cinquantaine de kilomètres de la base. Tandis que la barge antigrav glissait vers les lueurs frangées du levant, j'observai mon père du coin de l'œil. Le général Horso McKaïn avait ôté ses gants et était occupé à se ronger les ongles. Au fond, que savais-je de lui ? Je le voyais rarement, et nous parlions plus rarement encore. Il avait son travail. J'avais ma vie intérieure, comme on disait pour les femmes. La société athénienne était si compliquée...

— Nous y voilà, fit mon père.

Nous approchions du chantier. Les robots, une vingtaine au total, travaillaient à une vitesse époustouflante. Ils creusaient à même la roche, et la terre changeait de couleur sous les coups de boutoir de leurs machines. Plusieurs rangées de gradins étaient déjà terminées. Des pelleteuses concassaient des blocs de roche et versaient sur le terre-plein leurs monceaux de gravier.

Mon père descendit de la barge et, prenant place au bas des gradins, se tourna de chaque côté comme un orateur avant un discours.

Plusieurs extraterrestres se tenaient sur les hauteurs. Qu'attendaient-ils ?

Dix minutes plus tard, une deuxième navette arriva à son tour. Deux hommes s'en extirpèrent. Avant d'aller les retrouver, mon père me fit un signe de la main : « Ne t'éloigne pas trop. »

Il se dirigea vers les nouveaux venus. Je reconnus les maîtres d'œuvre avec lesquels il s'était déjà entretenu hier.

La démarche de mon père était subtilement claudicante : les implants mécaniques qui avaient pris le relais de ses muscles manquaient décidément de souplesse.

— *Bonjour.*

Je sursautai.

Perché sur une corniche à trente mètres au-dessus de ma tête, un extraterrestre m'observait placidement. C'était bien lui qui venait de parler. Je veux dire, sa voix s'était adressée à mon esprit mais je l'avais entendue, très distinctement, comme la voix d'un ami qui aurait soufflé à mon oreille.

— Euh, bonjour.

L'être inclina la tête. Il émanait de lui une grande impression de bienveillance.

— Le général construit quelque chose, dit-il.

— Oui. Un théâtre.

— Le général est nerveux.

— C'est souvent comme ça quand il a peur d'échouer.

— Échouer ?

— Je crois qu'il veut vous convaincre. Il aimerait que vous formiez un gouvernement, parce que c'est comme ça que ça fonctionne le mieux selon lui.

L'extraterrestre ne répondit pas. J'espérais que je ne l'avais pas vexé.

— Dites, vous ne voulez pas descendre ?

Je levai la tête, une main en visière. Le soleil cognait déjà bien fort.

Mince alors.

Il avait disparu.

J'étais sur le point de rejoindre mon père lorsque l'air vibra à mes côtés.

Une sphère idéale, d'à peu près un mètre de diamètre, oscillait à mes côtés, à l'ombre de la falaise. Je ne tentai pas le moindre geste.

— *Bonjour*, fit la sphère dans mon esprit.

— Bonjour.

La sphère s'avança au soleil. Toujours cette matière indéfinissable, une texture métallique et bleutée, en perpétuelle évolution.

— Est-ce que vous... Est-ce que vous êtes de la même famille, tous ?

La sphère resta silencieuse.

Je levai les yeux vers la corniche, pour voir si mon ami mystérieux avait réapparu, mais non, plus la moindre trace. Mon père, lui, continuait de discuter au pied du théâtre.

— J'ai l'impression de vous connaître déjà, chuchotai-je. Comme si j'étais déjà venue sur cette planète. C'est bizarre, non ?

La sphère demeura muette. Elle était en train de s'allonger. De changer de forme.

— Qu'est-ce que vous faites ?

Petit à petit, la forme s'aplatissait, se transformait en disque.

Je regardai autour de moi. Émergeant d'anfractuosités voisines, d'autres disques de même taille quittaient les zones ombrées et s'avançaient dans le soleil.

— Mmmmmmm.

Je fis un pas hors de l'ombre. Mon visage baignait dans la tiédeur du jour.

Les sphères approchaient, et je me sentais bien.

Si bien…

— Aphrodite !

Au centre du théâtre, mon père me fixait avec inquiétude. Les deux hommes qui l'accompagnaient lui disaient des choses.

Mon père sortit son pistolet à aiguilles.

— Ça va ! fis-je en mettant mes mains en porte-voix. Ne t'inquiète pas.

Mais, quand le général Horso McKaïn avait décidé de s'inquiéter, le faire changer d'avis était une mission impossible.

Il se mit à courir. Autour de moi, les disques émettaient un léger bourdonnement. Ils se dissipèrent instantanément lorsque mon père arriva.

Il m'attrapa par le bras.

— Tu vas bien ?

Agacée, je desserrai sa prise.

— Ils ne me faisaient rien de mal.

— Que tu crois. Nous ne les connaissons pas.

— Et alors ?

— Alors, nous devons nous tenir sur nos gardes. Je

ne sais pas, moi ! Imagine qu'ils soient capables de lire dans nos esprits !

— Qu'est-ce que ça ferait ?

— Je ne veux pas que tu t'éloignes, fit mon père en rengainant son pistolet. Si tu n'es pas capable de te prendre en charge, je ne t'emmènerai plus.

Je repartis à sa suite, engoncée dans ma lourde combinaison. Mon père surveillait les alentours comme si nous étions menacés par une attaque imminente. Mais j'étais sûre, moi, que nous ne risquions rien.

*
* *

Cette nuit-là, allongée les yeux grands ouverts dans mon lit à baldaquin donnant sur les montagnes, je demandai à rêver. *Je sais que vous êtes là,* dis-je. *Je vous ai vus pendant mon voyage. Envoyez-moi un signe, n'importe quoi.*

Il me fallut longtemps avant de m'endormir. Je ne parvenais pas à oublier ma double rencontre de ce matin. Je me sentais comme une jeune amoureuse. Pourtant, ça n'avait rien à voir. Enfin, ce n'était pas *si* différent. Les créatures me manquaient. Leur présence, le plaisir simple qu'elles avaient semblé prendre à se faire dorer au soleil.

Pour finir, je sombrai.

Lorsque je m'éveillai, il faisait encore nuit. Quelle heure était-il ?

Je me levai, marchai jusqu'à la baie vitrée. Le noir du ciel était piqueté d'étoiles innombrables, et le désert scintillait comme une mer d'argent. C'était un spectacle magnifique.

J'étais seule dans ma chambre.

Sans réfléchir, je m'habillai en hâte et descendis jusqu'au grand vestibule. Un homme en armes faisait le guet devant la porte. Il était seul à posséder les codes de la muraille énergétique. Autrement dit, j'étais bloquée.

— Je peux vous aider ?

L'homme s'avança vers moi.

— J'aurais aimé…

Je me tus. La situation était absurde.

— Je pense que vous feriez mieux de remonter dans votre chambre, mademoiselle.

Je tournai les talons, un sourire crispé sur les lèvres. Qu'est-ce que j'avais cru ?

Poum.

Je me retournai.

Le vigile venait de s'effondrer à terre. Je courus vers lui, affolée, pris son poignet entre mes doigts. Le pouls était fort, régulier. L'homme ronflait.

Impensable.

Je pris le passe dans sa poche et me dirigeai vers la porte. Je me pinçai la peau du bras. Non, je n'étais pas en train de rêver.

Je franchis le porche et désactivai la barrière énergétique, tout ça sans combinaison.

J'étais dehors. Dehors en chemise de nuit sur une planète inconnue, à trois cent quarante années-lumière de chez moi, et la nuit était douce et, étrangement, je n'avais pas peur.

— Bonjour.

Je pivotai.

Un être gigantesque enjambait la station. Sa voix était douce comme du miel. J'étais sidérée, terrifiée, émerveillée. Il était encore plus grand que celui que nous avions vu l'avant-veille, celui auquel avait parlé mon père.

Il s'agenouilla, posa sa main sur le sable, ouvrit les doigts.

Il m'attendait. Sa peau était lisse comme de la glace, ses yeux brillaient d'une lumière sereine.

Et son visage était si parfait !

Je me dis que, peut-être, c'était ce genre de visage qu'on voyait quand on mourait.

— On voit ce qu'on veut, murmura le géant.

Mon cœur battait la chamade. Mon père avait raison : l'être lisait dans mes pensées.

— Qu'est-ce que...

— Viens.

Sa main posée sur le sol.

— Pour aller où ?

— Viens, répéta simplement le géant.

— Je ne peux pas. Mes parents me tueraient s'ils l'apprenaient.

La créature referma la main et se redressa tranquillement. Il tourna son regard vers le désert. Je sentis que je lui avais fait de la peine.

— Je suis désolée, dis-je.

— Ce n'est rien.

Il restait immobile.

— Vous...

— Au matin, dit-il comme s'il ne m'avait pas entendue, nous allons au bord du monde, et nous accueillons le soleil.

Je m'approchai de lui. Il ne bougeait pas.

— Sa lumière nous envahit. Nous sentons sa chaleur. Nous sommes bien.

— Est-ce que c'est... votre dieu ?

— Nous nous retrouvons en lui. Nous ne faisons qu'un.

Je ne savais même pas s'il avait entendu ma question. Le calme qui se dégageait de lui paraissait s'étendre en tache d'huile, dans toutes les directions.

— Laissez-moi parler à mon père.

— Pourquoi ?

Le géant prit une profonde inspiration et leva une main vers les montagnes. Au pied des contreforts, je vis soudain des centaines de mains se dresser en réponse. D'autres géants. Ils étaient bien plus nombreux que nous ne l'avions soupçonné !

Soudain, la créature s'éloigna à grandes enjambées. Je m'élançai à sa suite.

— Hé !

Mais il ne m'écoutait pas. Il était beaucoup trop rapide. Je m'arrêtai de courir.

Je me sentais triste.

J'aurais tant voulu savoir...

*

* *

Deux jours plus tard, au centre du théâtre terminé, mon père prononçait son discours. Il n'avait pas dormi de la nuit, avait passé son temps à relire ses notes. « Il a été odieux », me glissa ma mère avant que nous ne partions.

Pour Horso McKaïn, le moment crucial était arrivé. Une centaine de créatures humanoïdes avaient pris place dans les gradins. Toutes l'écoutaient attentivement.

— La démocratie athénienne, clamait mon père, est le modèle de gouvernement le plus efficace et le plus fiable qui ait jamais été imaginé. Il vous permettra de prendre l'ensemble des décisions relatives à la vie de la cité dans un esprit de consensus et d'entente mutuelle. Chaque jour, vous devrez élire un président de l'Assemblée. Vous occuperez ce poste à tour de rôle. Le fait que vous n'ayez pas de chef joue en votre faveur. Nous autres humains sommes prêts à accompagner votre marche vers l'équilibre idéal au mieux de nos possibilités. Les décisions économiques relatives à l'exploitation du pirulite seront prises à la majorité, et vous devrez nommer un porte-parole qui…

Il s'arrêta de lui-même.

Nul ne lui prêtait attention. Toutes strictement identiques, les créatures dans les tribunes avaient tourné leur visage vers le soleil, les yeux mi-clos.

Mon père était interdit.

— Il va exploser, lâcha mon frère.

Je me levai.

Mon père me regarda venir.

— Qu'est-ce que tu fais ? Va te rasseoir.

— Papa. Personne ne t'écoute.

— Ils vont m'écouter, répondit mon père en massant sa jambe mécanisée. Je te jure qu'ils vont le faire, de gré ou de force.

Je me passai une main dans les cheveux.

— Je ne sais pas comment te dire ça, fis-je. C'est une race tellement différente. Ils peuvent changer de forme à volonté, ils sont télépathes, ils peuvent se mêler les uns aux autres, ils n'ont aucune mémoire, ils sont immortels. Tu crois sincèrement qu'ils vont former un gouvernement ? Tu crois que le commerce les intéresse ?

Mon père renifla avec dédain.

— C'est une race primitive. Et tu te bases sur des extrapolations. Comment sais-tu tout ça, hein ? As-tu la moindre idée de ce dont tu parles ?

— Euh, p'pa !

Mon frère s'était levé.

Autour de lui, les spectateurs étaient devenus des sphères. Et ces sphères s'éloignaient.

Mon père sauta sur ses pieds.

— Restez ici ! fulmina-t-il. C'est un ordre !

— Papa…

— RESTEZ ICI ! hurla mon père.

Il trépignait, montrait le poing, mais les sphères continuaient de s'éloigner, se déployaient plus loin comme des voiles, gagnaient les zones de grand soleil.

Apparemment, les hommes de la base qui étaient venus assister à la séance hésitaient sur la conduite à tenir. Je voyais bien qu'ils avaient envie de rire mais qu'ils n'osaient pas.

*

* *

Le soir, à table, mon père se montra de fort méchante humeur. Les tentatives de ma mère pour l'adoucir se heurtaient à une sourde hostilité.

— L'Assemblée s'est moquée de moi, grognait le général en se resservant du vin. Je croyais à une mission d'importance, et je découvre une race abâtardie et stupide, qui passe son temps à se complaire au soleil.

Le consul Priopan l'écoutait sans mot dire.

— Vous vous en moquez ? fit mon père.

— Nullement.

— Demain, je vais faire intervenir l'armée. De combien d'hommes disposez-vous ?

— L'armée ? fit ma mère. C'est peut-être un tantinet excessif…

— Ne te mêle pas de ça.

— L'armée, répéta le consul, hum… nous ne disposons que d'une trentaine d'hommes, et ils ne sont pas surentraînés, de sorte que…

— Ça suffira, dit mon père. Je les veux à pied d'œuvre dès l'aurore.

— Comme vous voudrez.

Le lendemain à l'heure dite, les hommes du consul accompagnèrent mon père jusqu'au théâtre.

Ma mère, mon frère et moi avions essayé de le dissuader, mais il n'avait rien voulu entendre et, à présent, un cordon de soldats armés de lance-flammes et de fusils à plasma faisait cercle autour de l'arène, attendant les ordres.

Le soleil venait à peine de se lever lorsque les extraterrestres firent leur apparition. Ils avaient revêtu leur forme humanoïde.

— Ne bougez pas ! ordonna mon père.

Il fit quelques pas vers eux.

— Il me faut un chef. Tout de suite.

Aucune réaction.

— Je compte jusqu'à trois. Si à trois vous ne me trouvez pas un chef…

Les autres le contemplaient avec une sorte de lassitude.

— Un ! fit mon père.

— Mon général… plaida un homme.

— Silence ! Deux !

— Papa. Je ne suis pas sûre que ce soit une…

— Trois !

Personne ne broncha.

Mon père se retourna vers les soldats.

— Nous allons voir s'ils comprennent ce langage-là. Tirez !

Les hommes se dévisagèrent.

— Eh bien quoi ? gronda mon père, c'est un ordre, vous m'entendez ?

— C'est que… commença un garde.

Furieux, mon père lui arracha son fusil à plasma.

— Je vous préviens…

Les extraterrestres ne manifestaient aucune émotion. Mon père mit l'un d'entre eux en joue et s'épongea le front.

— Pourquoi est-ce que vous me forcez, merde ?

Nous étions figés de stupeur.

— Zut à la fin, qu'est-ce qu'il faut qu'on vous fasse pour que vous acceptiez la démocratie ? Si c'est mourir jusqu'au dernier qui vous intéresse, vous allez être servis…

— Papa… soupirai-je.

Ce devait être le « papa » de trop. Avec un gémissement de frustration, mon père appuya sur la détente. Une énorme boule de plasma atteignit le premier extraterrestre en pleine poitrine. Nous nous détournâmes.

— Tiens, prends ça ! cria mon père, surexcité.

Mais sa joie fut de courte durée : juste le temps pour la fumée de se dissiper…

— Que…

Mon père n'en croyait pas ses yeux.

L'extraterrestre qu'il avait pris pour cible n'avait pas bougé d'un iota. Pas la moindre trace de blessure, de brûlure, de commotion. C'était incroyable.

Une nouvelle fois, mon père fit feu.

Encore et encore.

Pour finir, mon frère lui arracha le fusil des bras.

Pantelant, le général Horso McKaïn regarda celui qu'il avait pris pour cible se transformer en sphère et s'éloigner avec ses semblables en flottant. Il se mordait le poing à travers son gant.

— Écoute… dis-je en lui prenant la main.
Il se dégagea brusquement.
— Laisse-moi, souffla-t-il. Laissez-moi tous. J'ai besoin de réfléchir.
Et il repartit en boitillant vers la base.

*
* *

Le soir venu, mon père refusa de dîner avec nous. Il s'enferma dans sa chambre et demanda qu'on ne le dérange pas
L'ambiance à table était morose. Le consul Priopan essayait d'adoucir l'atmosphère en nous réclamant des nouvelles de la Terre.
Bizarre, ce consul. Beaucoup trop détendu. Ma mère ne disait rien, pourtant je suis sûre qu'elle était d'accord avec moi. Mon père était venu exprès pour pacifier la région et former un gouvernement d'extraterrestres. Mais pour notre hôte, cette mission semblait n'avoir qu'une importance très limitée.
Je lui en fis la remarque.
— Votre père est préoccupé, mon enfant.
— Eh bien…
— Vous connaissez le nom de ce système ?
— Épicuria ! s'exclama mon frère, tout heureux d'avoir pu me griller la politesse.
Le consul hocha la tête en souriant :
— Exact. Et savez-vous qui était Épicure ?
Mon frère et moi haussâmes les épaules.
— Un philosophe, dit le consul. Un homme qui parlait de la mort, des désirs, du bonheur. Il estimait notamment que le plaisir se définit par un état de

stabilité, par un apaisement de tout l'être, et non par le mouvement.

— Intéressant, dit ma mère. Mais comment les pensées d'Épicure peuvent-elles vous être connues ? Je croyais que de tels savoirs étaient réservés aux mémoires centrales de nos intelligences artificielles...

— Et oubliés à jamais ? Oui, c'est souvent le problème. Les hommes stockent les connaissances pour mieux les rayer de leur mémoire collective. Quel progrès ! Une pensée non traduite en actes, chère madame, est une pensée morte. Ici, nous procédons autrement.

Nous nous tûmes, troublés par ces paroles.

Le consul leva son verre.

— Allons, fit-il avec sa bonhomie caractéristique, demain est un autre jour. Souhaitons qu'il vous éclaire de ses bienfaisantes lumières...

Nous acquiesçâmes.

Avant d'aller me coucher, je m'arrêtai devant la chambre de mon père. Je frappai trois coups. Pas de réponse.

— Papa ?

Je l'imaginais, muré dans son silence, assis dans son fauteuil face au désert. Je le voyais, ruminant sa colère. Au fond, mon père était un idéaliste. Tous ces principes auxquels il croyait : la démocratie, le progrès... Qu'on puisse refuser d'aller de l'avant, voilà ce qui le révoltait. Qu'on puisse refuser le mouvement.

*
* *

Cette nuit-là, j'ai rêvé de nouveau, de ce rêve qui n'en était pas un.

Un disque métallique était entré par ma fenêtre. Souple. Souple, brillant et attentif. Comment s'était-il joué de la barrière énergétique ? Je l'ignorais. Mais il était là, et il flottait plein de sagesse.

— *Veux-tu venir ?*

J'ai posé les pieds sur le sol. Le disque s'est abaissé.

— Où ? ai-je chuchoté.

Le disque s'est rapproché. Il émettait toujours cette vibration. Je l'ai touché. Il a frémi, s'est délicatement incurvé. Je me suis assise dans son creux. Il s'est élevé, un peu. Il est sorti par la fenêtre.

Je me sentais bien. Rien ne pouvait m'arriver.

Je me tenais aux rebords.

Évidemment, toutes les barrières énergétiques de la station avaient été désactivées.

Nous sommes arrivés devant le palais. D'autres disques nous attendaient. Ma mère était juchée sur l'un d'eux. Mon frère aussi. Et mon père. Son visage exprimait une terreur enfantine.

— Aphrodite ?

Nous nous dévisagions.

Les disques sont partis vers l'horizon, nous emportant dans le désert. La nuit était claire. Il nous suffisait de renverser la tête pour voir des amas d'étoiles, des traînées de gaz, à des centaines d'années-lumière.

Il ne faisait pas très chaud. Nous n'étions pas habillés. Nous n'entendions que le vent à nos oreilles.

J'ai voulu demander où nous allions. Je ne l'ai pas fait. À quoi cela aurait-il servi ?

Nous sommes passés devant le théâtre. Nous sommes passés devant les montagnes. Au sommet des crêtes, des silhouettes sombres guettaient notre passage. Mon père se tournait de tous côtés.

Soudain, l'horizon a flambé.

C’était là-bas, tout au bout. Le ciel se teintait de pourpre, de mauve, un mince filet lumineux annonçait la venue du jour. C’était là-bas, et nous nous rapprochions.

La terre s’arrêtait.

Il y avait des nuages. Une mer de nuages.

Les disques ont ralenti. Dans le lointain, nous discernions des silhouettes. Humaines.

Bientôt, nos hôtes se sont stabilisés. Nous sommes descendus. Nous avons trébuché dans la poussière et rejoint les silhouettes. À cinquante mètres à peine, le désert s’arrêtait. Une falaise tombait à pic et une mer cotonneuse aux reflets violacés s’étendait à perte de vue.

Les silhouettes se sont retournées.

Il y avait le consul Priopan. Il y avait des scientifiques de la base. Ils ne portaient pas plus de combinaison que nous. Ils avaient l’air pleinement détendus, et pas du tout surpris de notre arrivée. Mon père s’est gratté la barbe, hagard.

— Ah, général ! a dit le Consul.

— Qu’est-ce que…

— Venez. Approchez-vous.

Il a pris mon père par le bras, et nous nous sommes avancés au bord de la falaise. Derrière nous, de tous les côtés, des dizaines de disques ronronnaient paisiblement en tournant sur eux-mêmes.

— Bien peu d’hommes ont eu la chance de contempler un tel spectacle.

— Vous…

— Épicuria n’est pas un système comme les autres. Il n’y a pas besoin de civilisation, ici. Pas besoin d’échanges et, pour tout vous avouer, il est inutile de développer quelque infrastructure que ce soit.

— Mais l’Assemblée…

— L'Assemblée envoie parfois certains de ses tribuns lorsqu'elle juge qu'ils en ont besoin, que le moment est venu pour eux. Vous semblez prendre votre travail très à cœur, général, et je vous en félicite. Cependant, je suis au regret de vous dire que vous ne savez rien. Rien du tout.

En un éclair, j'ai revu le président de l'Assemblée, dans la pénombre du Vieux Spartiate. Son air tranquille. Son expression un brin moqueuse. Mission diplomatique, hein ?

Mon père est resté sans réagir.

— Chéri ?

Ma mère s'était blottie à ses côtés. L'horizon se parait de teintes bouillonnantes.

— Vous allez le regarder de face, a dit le consul. Vous aurez l'impression d'être aveugle pendant deux ou trois secondes, et puis ça passera.

Mon frère s'est rapproché.

— Aphrodite…

— Oui ?

— Tu sais, au sujet de mon rêve. Soliane Arthémide et tout ça. J'ai menti…

— Tu…

— En fait, c'est ce que j'avais demandé à l'IA. Seulement, j'ai vu autre chose à la place.

— Tu as vu quoi ?

Doucement, ses doigts ont trouvé les miens.

Mon petit frère. Oui, bien sûr. Les créatures étaient entrées dans nos rêves. Elles nous avaient accueillis ; simplement, certaines vérités étaient parfois difficiles à admettre.

Nous étions au sommet de la falaise. Derrière nous, les disques tournaient de plus en plus vite.

— Ils chantent, a soufflé le consul. Vous sentez ?

En une fraction de seconde, l'horizon s'est embrasé. Une vague flamboyante s'est élevée au-dessus des nuages, et le haut du soleil a fait son apparition.

La lumière était insupportable. J'ai senti ma cornée se rétracter, ma pupille se dessécher, mais impossible de détourner les yeux.

Ici, les mots s'arrêtent et hésitent, comme des fidèles à l'entrée d'un temple.

Le soleil s'est levé.

Nous avons tous fait un pas en avant.

Nous avons *senti,* oui. Sa chaleur sur notre peau.

Et puis sa clarté.

Quelque chose pénétrait notre âme. Quelque chose d'inébranlable. Comme une sagesse, une sagesse infinie...

En une seconde, il m'a semblé...

Un flash.

Le temps n'avait aucune importance. Le temps n'existait plus. Il y avait juste l'éternité, l'éternité hors du temps, assemblée en un instant unique.

Derrière nous, à la lisière de notre conscience, les disques tournaient si vite qu'on ne les voyait plus. Mouvement aboli. Nous éprouvions une joie suffocante. Plus que cela, même. La connaissance était en nous. Est-ce que c'était cela, mourir ?

J'étais mon frère.

J'étais ma mère.

J'étais mon père. Des larmes coulaient sur mes joues. Je pensais à toutes les batailles livrées. Je me voyais au cœur du théâtre, haranguant la foule, essayant de convaincre. Je me voyais, courtisant la femme de ma vie, le cœur battant. Je me voyais, tenant mes enfants à bout de bras. Des instants figés. Instants éternels.

[...]

Tout ce en quoi avait cru mon père, tout ce sur quoi il avait bâti sa vie... Pourquoi s'agiter, pourquoi défendre une opinion ?

La vie nous souriait.

Je voulais voir des dieux, je voulais connaître la mort, je voulais toucher le visage du temps.

Le soleil, lui, voyait au fond de nos âmes et, graduellement, nous nous fondions en lui, nous devenions lui, nous devenions autres. Il était là, dans toute son immense majesté, et il n'y avait plus rien à dire.

Je comprenais maintenant quel plaisir on pouvait éprouver à rester éternellement immobile, à rêver sous la chaleur des cieux.

Des paroles très anciennes pénétraient mon esprit. *Rappelle-toi que l'avenir n'est ni à nous ni pourtant tout à fait hors de nos prises, de telle sorte que nous ne devons ni compter sur lui comme s'il devait sûrement arriver ni nous interdire toute espérance comme s'il était sûr qu'il dût ne pas être.*

*
* *

Combien de temps sommes-nous demeurés ainsi ? Lorsque nous sommes revenus à nous, le soleil était au zénith, et nous avions mal au cou à force de le regarder.

Nous n'avions plus aucune larme à pleurer.

Les disques de métal étaient partis. La terre respirait, vivait, changeait de couleur.

Alors, nous nous sommes retournés. Sur les crêtes des montagnes, je le savais, les créatures placides nous observaient.

Le consul a posé une main sur mon épaule. Mon père s'avançait, tout seul, dans le désert. Il avait ôté sa tunique, il allait torse nu, les rayons du soleil frappaient son corps fatigué, et j'imaginais ce qu'il pouvait ressentir.

J'aurais voulu courir après lui, me jeter dans ses bras, lui dire que je l'aimais. Mais la poigne du consul était ferme. Et mon père avait perdu sa démarche claudicante.

— Laisse-le, a murmuré le consul. Un moment au moins… Ce n'est jamais très facile de commencer à vivre.

Le Langage de Ferniel

Nathalie Le Gendre

Nathalie Le Gendre est née en Bretagne en 1970. Petite, plusieurs métiers la séduisaient : comédienne, pilote de courses moto et dessinatrice.

Aujourd'hui, elle pilote pour le plaisir une moto dite « sportive », croque en amateur avec sa palette de craies et de fusains, et, de retour dans sa région natale après sept ans passés à Hambourg, va renouer avec le théâtre,

Nathalie Le Gendre écrit depuis qu'elle sait tenir un stylo — poésie, contes pour enfants, pièces de théâtre —, mais elle n'avait jamais pensé en faire un métier. Depuis peu, elle s'est rendue à l'évidence, écrire est un métier, et ce métier, c'est sa vie ! Bretonne envoûtée par les fabuleuses légendes de son pays, elle a toujours été passionnée par la science-fiction et par la fantasy.

Nathalie Le Gendre a déboulé dans la collection « Autres Mondes » comme une tornade et, en trois romans gorgés d'émotion, l'a marquée de son empreinte : Dans les larmes de Gaïa *(2003),* Mósa Wòsa *(2004) et* Automates *(2005). Vie et liberté sont les deux maîtres mots de son existence comme de son œuvre.*

Le Langage de Ferniel *est celui de l'amour tout simplement. Existe-t-il une plus belle façon de communiquer ?*

Le doux visage de Ferniel n'exprimait rien sinon une intense curiosité. Ses yeux en amande étaient rivés sur l'étranger qui occupait la couche voisine de celle de son frère Syphte. Ce dernier dormait profondément malgré ses réticences à accorder l'hospitalité à cet inconnu venu de l'espace.

Ferniel expira lentement l'air par ses narines. Elle n'arrivait pas à trouver le sommeil et ressassait sans cesse leur surprise, à Syphte et à elle, lorsque le monstre de métal, après avoir percé les entrailles de l'océan de nuages, s'était posé au beau milieu de l'herbe orange de la clairière sacrée en exhalant des volutes de fumées noires. Là, sous leurs yeux ébahis, son abdomen lumineux s'était scindé en deux pour expulser d'étranges créatures à l'apparence hideuse: petites mais larges, avec des membres courts, la peau épaisse et le visage pourvu d'une large fente horizontale comme les animaux de la forêt violette. L'horreur fut à son comble lorsque cette fente s'était élargie pour émettre un cri strident qui avait explosé dans leur crâne comme le hurlement des krasnors, ces gigantesques oiseaux nocturnes au bec long et acéré.

Elle les avait immédiatement conduits au village auprès de leur chef, malgré le dissentiment qui avait coloré la peau de Syphte en turquoise : c'était à Yadul de prendre les décisions qui s'imposaient, car si ces créatures étaient venues jusqu'à eux, c'est qu'elles avaient leurs raisons.

Soudain, un brusque accès d'hilarité envahit Ferniel. Les muscles de ses joues se plissèrent et un fin suintement lacrymal dévala sur ses pommettes. Elle revoyait leur démarche gauche, leurs pas pesants et leurs nombreux efforts pour tenter de garder close la fente faciale d'où naissaient des sons perçants. Ils étaient comiques à voir, et détonnaient furieusement avec l'allure aérienne et gracieuse de Syphte, qui les précédait.

Ferniel sentit ses paupières s'alourdir. Chassant une mèche de ses longs cheveux qui lui chatouillait les narines, elle jeta un dernier regard vers l'étranger, puis s'assoupit.

Tous les membres de l'expédition avaient les yeux braqués sur moi. Nous étions réunis dans une petite clairière à la sortie du village des extraterrestres. À mes côtés, Gringe et Mann-Lo paraissaient aussi nerveux que moi. Malgré le confort des habitations aux murs invisibles, nous avions très peu dormi, et la fatigue nous rendait irritables.

Notre arrivée sur cette planète avait été un choc pour tous. À peine débarqués du vaisseau, nous étions tombés nez à nez avec deux extraterrestres androgynes au visage dénué de bouche ! Gringe avait poussé un cri de répulsion, installant la panique dans les grands yeux de ces créatures à la peau diaphane et à la silhouette gracile. Leur longue chevelure brillante recouvrait leur corps jusqu'aux genoux tel un vêtement tissé d'une multitude de brins d'or. Seule la forme de leurs yeux, dans un visage aux traits doux dépourvu de marques de vie, les différenciait: l'un les avait en amande, et l'autre aussi ronds que des billes.

Fixant l'assemblée, je me décidai enfin à commencer:

— Comme vous l'avez compris, il est hors de question de parler en présence de ces créatures qui s'affolent au moindre bruit. Seulement voilà : nous sommes ici pour recenser les différents modes de langage sur les planètes potentiellement colonisables… alors comment communiquer avec des êtres sans bouche?

Je me tournai vers Gringe.

— Je suppose que cela serait trop beau d'espérer qu'ils soient télépathes?

Elle haussa les épaules avant de répondre, d'un ton peu rassuré:

— Trop beau, en effet… Je t'avoue même que ce silence me rend folle.

Je haussai les sourcils à sa dernière remarque.

— Comment ça, le silence? Tu es la plus grande télépathe que je connaisse! Tu ne captes pas leurs pensées?

— Je n'*entends* rien ici! explosa-t-elle, la voix déformée par une certaine panique. C'est le comble pour moi, qui d'ordinaire dois me barricader de tout ce qui défile dans le crâne des autres!

Je faillis m'étrangler en avalant ma salive.

— Mais c'est impossible! Ils se comprennent! Ils pensent! Ils ne sont pas stupides! Cela se voit, malgré l'absence de bouche, qu'ils ont une intelligence ultra-développée!

— Non, Garance, je te répète que je n'entends rien!

— Et toi, l'expert en signes en tout genre, ne me dis pas que tu n'as rien trouvé! demandai-je en m'adressant cette fois à Mann-Lo. Tu es mon ultime espoir pour me faciliter la tâche sur cette planète ! ajoutai-je, tentant un brin d'humour.

Le sémiologue secoua négativement la tête et, de sa voix au fort accent asiatique, répondit :

— Désolé, rien de ce côté-là. Tu as du boulot, mon vieux…

Accablé, je fronçai les sourcils en dévisageant Mann-Lo. Il avait plus que raison : j'allais avoir un sacré boulot pour découvrir quel était le langage de ces extraterrestres… En tant que linguiste accompli, j'étais le chef de l'équipe Premier Contact, mais, sans une petite piste à me mettre sous la dent, ma mission était quasiment vouée à l'échec.

Nous restâmes encore quelques instants à échanger nos idées et diverses impressions, plus pour avoir le loisir de parler qu'autre chose, puis j'annonçai avec regret la fin de la réunion et fixai la prochaine au lendemain matin. Suivi de Gringe et de Mann-Lo, je pris le chemin du village, accablé à l'idée de devoir me murer dans un mutisme profond pour le reste de la journée. En arrivant, je fus une fois encore subjugué par le féerique ballet qui se déroulait sous mes yeux : aucune maison n'était visible, seul un subtil jeu de lumière qui passait du jaune au bleu, du bleu au mordoré et ainsi de suite. Cette danse boréale n'était autre que le reflet du soleil sur les parois des maisons, à la fois transparentes, invisibles et opaques, permettant ainsi de protéger les créatures à la peau translucide contre les ultraviolets.

Subitement, telle une apparition, la créature aux yeux en amande surgit devant nous. Elle pencha doucement la tête sur le côté droit, puis tendit le bras jusqu'à me toucher la poitrine. Je fis un bond en arrière, tout le corps tendu. Mes deux collègues furent aussi surpris que l'extraterrestre, dont l'épiderme blanchissait à vue d'œil. Sur la défensive, je fixais ce dernier, lorsqu'il nous fit signe de le suivre. Je fronçai les sourcils avant de lui emboîter le pas, accompagné de la télépathe et du sémiologue. Nous pénétrâmes dans la maison du chef, le seul être chauve du village, dont la peau se teinta légèrement d'ambre jaune pour redevenir quelques secondes plus tard translucide. Une idée me vint alors : peut-être communiquaient-ils grâce à la facilité qu'ils avaient à changer de couleur de peau ?

Sur l'invitation du chef, nous prîmes place sur des chaises de mousse douces et chaudes. J'eus un bref sourire de remerciement qui crispa les traits fins d'Amande — je le baptisai ainsi pour faciliter mes comptes rendus — et fit sursauter le chef. Je me figeai. Notre principale source d'expression était notre bouche et, malheureusement, nous ne pouvions nous en servir sur cette planète sans faire paniquer nos interlocuteurs.

Le silence pesait. Étouffant. Les grands yeux intelligents des deux créatures face à nous nous transperçaient, semblaient nous déchiffrer, nous détailler sous toutes les coutures. Ils attendaient quelque chose de nous, mais quoi ? Le chef hocha soudain la tête de droite à gauche, fixa son regard dans celui d'Amande, et sa peau vira au bleu. Oui, ce devait être ça... Les différentes couleurs de leur épiderme leur servaient à communiquer.

Une vive excitation m'envahit, chassant définitivement de mon esprit l'épisode du contact avec Amande. J'étais pressé de faire part de mes impressions à tout le reste de l'équipe. Au moment de quitter la demeure du chef, je me retournai pour le saluer...

lorsque je suspendis mon geste : il se dédoublait, ou du moins une créature chevelue sortait de son corps ! D'un bloc, je me retournai pour prendre mes collègues à témoin et percutai brutalement Mann-Lo, immobile et raide.

— Pardon ! criai-je sans réfléchir.

Aussitôt, la nouvelle créature androgyne apparue dans la seconde recula, comme frappée par la foudre. J'avais déjà du mal à ne pas laisser mon petit déjeuner faire marche arrière face à la vision d'horreur que j'avais eue à l'instant, aussi me fallut-il un certain temps pour comprendre la panique ambiante. J'avais parlé !

La mine sombre, Ferniel arpentait le sol de son salon, un tapis de feuilles bleues et mordorées. Deux jours s'étaient écoulés depuis l'incident dans la maison de Yadul, et la tension dans le village était à son comble. Personne ne comprenait ce que ces créatures étaient venues faire sur leur planète, et pourtant elles semblaient attendre… mais attendre quoi ?

Ferniel avait une furieuse envie de faire avancer les choses. Seulement voilà… serait-ce bien vu par la communauté d'entrer en communication avec le chef de ces drôles d'êtres que tous qualifiaient de krasnors sous-développés ? En son for intérieur, elle savait que ces étrangers venus de l'espace dans un monstre volant n'étaient pas des animaux et que, malgré leur apparence — qu'elle trouvait d'ailleurs de moins en moins hideuse —, ils possédaient une certaine forme d'intelligence.

Ce qui la frustrait le plus, c'était le regard de leur chef. Indéfinissable. Sans compter que la couleur de sa peau ne laissait passer aucune émotion sauf de la colère. Le rouge que ses joues affichaient parfois l'avait profondément surprise. Pourquoi exprimer de la colère dans des situations qui n'en procuraient pas, comme lorsqu'elle l'avait touché ?

Ferniel frémit en songeant à la fente de leur visage qui s'élargissait pour laisser apparaître, plantés, de minuscules os parfaitement alignés et luisants de blancheur. Jamais de sa vie elle n'avait vu cela ! Voir les os sans découper la chair ! Stupéfiant !

La jeune femme se secoua. Sa décision était prise depuis l'aube, et elle s'arma de courage pour aller demander l'approbation de Yadul.

Après s'être enduit le corps de sève pour se protéger des rayons du soleil, forts à cette heure de la journée, Ferniel quitta sa demeure et se présenta devant le chef. Elle le salua, sa peau se colorant d'ambre jaune, puis de gris, lui signifiant qu'elle désirait s'entretenir avec lui. Yadul acquiesça, une lueur d'amusement dans son regard perçant. Il fit signe qu'elle pouvait venir à lui.

— Ces étrangers, et plus particulièrement leur chef, t'intriguent, n'est-ce pas ? interrogea-t-il une fois qu'elle fut prête.

— Nous n'arrivons pas à communiquer ! s'indigna-t-elle en vibrant. J'aimerais savoir pourquoi il est venu sur notre planète !

— Calme-toi, Ferniel, tu brouilles mes perceptions, la sermonna gentiment Yadul.

Il sentit le corps de la jeune femme se détendre, et les battements de son cœur ralentir.

— C'est mieux, approuva-t-il avant de poursuivre. Nous ne pouvons communiquer car nous sommes différents. La fente qui déforme leur visage leur permet de se comprendre en émettant des sons, tandis que nous…

— Oui, Yadul, je sais cela, coupa Ferniel, impatiente. Alors, m'autorises-tu à entrer en lui ?

Elle le sentit sourire et fut soulagée.

— Je me demandais quand tu allais enfin te décider à me le proposer, répondit Yadul simplement. Laisse-moi la nuit pour avertir la communauté de ton expérience, ensuite ce sera à toi de jouer !

Amande me fixait intensément. Son expression me terrifiait. Il s'apprêtait à faire quelque chose qui semblait tout à la fois l'exciter et le mettre mal à l'aise. Mes mâchoires se crispèrent alors qu'il s'approchait de moi, et, quand sa main s'avança vers ma bouche, je projetai violemment ma tête en arrière. Je ne supportais pas que l'on me touche !

Je vis une ombre de contrariété se peindre sur ses traits lisses, et ses yeux se voilèrent de peine. Il pencha la tête à gauche, signe, je l'avais enfin compris, qu'il voulait me mettre en confiance, et, lentement, il pointa un doigt en direction de mon torse, puis vers mes lèvres. Il serra les doigts et, avec le pouce, imita un bec qui s'ouvre et qui se referme. Je compris qu'il symbolisait ma bouche en mouvement. La créature stoppa son geste pour toucher son propre ventre avant de désigner le mien.

Je fronçai les sourcils, abasourdi. Qu'essayait-il de me dire ? Qu'il parlait avec son ventre ? Je secouai la tête, incrédule. J'étais tellement persuadé du bien-fondé de ma théorie sur leur mode de communication par la couleur que cette nouvelle information me désarçonnait. Il s'avança doucement tout en répétant son geste : ma bouche en mouvement, son ventre vers mon ventre. Je déglutis difficilement. Je voulus reculer, mais mon dos heurta la paroi tiède de la maison. L'être androgyne continuait sa progression. Centimètre par centimètre. Je voulais m'enfuir, mais mes jambes ne m'obéissaient plus. Mon cœur s'emballa. Mes yeux se fermèrent. Au moment où je sentis l'air de ses narines effleurer mon front, je les rouvris et vis avec dégoût qu'il s'apprêtait à appliquer son corps contre le mien. Un long cri de terreur sortit de ma bouche, et je m'esquivai vivement.

La plus vive affliction se refléta sur son visage et ses grands yeux brillèrent de désespoir. La deuxième créature qui vivait sous son toit, celle qui avait les yeux ronds comme des billes, entra en trombe, certainement alertée par mon cri. Elle nous regarda tour à tour, paniquée. Je sentis la pâleur de mes joues autant que la méfiance croître chez le nouveau venu et le doute envahir Amande. Subitement, une lueur d'espoir apparut dans le regard de celui-ci. Il recommença son approche, mais au moment où j'allais à nouveau hurler, persuadé que cette fois je ne lui échapperais pas, il se détourna de moi et, sans me quitter des yeux, me montra cette fois le ventre de l'autre extraterrestre, imita encore ma bouche, remontra les ventres... Là, une nausée acide envahit ma gorge : les deux êtres étaient maintenant collés l'un à l'autre, ventre contre ventre. Qu'allaient-ils faire devant moi ? S'accoupler ?

Alors, devant mes yeux stupéfaits, Amande se fondit lentement dans le corps de l'autre. Ils ne faisaient plus qu'un. Un être unique qui m'observait comme si toute cette scène était parfaitement normale. Cela ne dura qu'un bref instant... Ils se désolidarisaient déjà. Je restai pétrifié au milieu de la pièce, les deux créatures de nouveau à mes côtés.

Avec précaution, Amande me tendit la main, pencha la tête sur le côté et attendit ma réaction. *Il veut entrer en moi ?* C'est ce moment que choisit Gringe pour pénétrer dans la demeure d'Amande. J'explosai, ne pouvant me retenir plus longtemps, perdant même toute notion de prudence en utilisant ma voix :

— Cet extraterrestre veut entrer en moi ! accusai-je en pointant du doigt Amande.

Gringe resta clouée sur place. La perte de ma patience légendaire la prenait au dépourvu.

— Gringe ! insistai-je. Je les ai vus ! Ils ont fusionné l'espace d'un instant… et maintenant… il… il… Il veut faire la même chose avec moi !

Plus je parlais, plus ma voix montait dans les aigus et plus la peau des créatures verdissait.

Gringe mit un doigt sur ses lèvres.

— Chut… Calme-toi, Garance. Je ne comprends rien à ce que tu me racontes ! En plus, tu les terrorises avec tes cris ! dit-elle en les désignant. Tu vas reprendre depuis le début mais doucement, OK ? ajouta-t-elle en chuchotant, comme si elle s'adressait à un petit enfant.

J'inspirai profondément et, à voix basse, racontai l'horrible scène.

Ferniel tenait fermement le bras de Syphte. La panique ne le quittait pas, à tel point que son épiderme verdissait toujours. Elle voulait à tout prix communiquer avec ces êtres et ne bougerait pas de là tant qu'elle n'y serait pas parvenue. Bien sûr, son cœur à elle aussi battait plus fort, ses cheveux frémissaient, ses extrémités étaient plus vertes que le reste de son corps, mais ne lisait-elle pas la même terreur au fond des yeux des créatures qui gesticulaient face à elle ?

Le silence avait repris possession des lieux. Ferniel se raidit. Pourquoi l'être qui se tenait près du chef semblait-il sur la défensive ? Pourquoi une farouche détermination à le protéger était-elle peinte sur son visage opaque ? Elle sentit subitement qu'au moindre faux pas tout pouvait basculer. Alors, avec lenteur mais fermeté, Ferniel recommença tous ses gestes, désignant la fente faciale du chef, puis son propre ventre et enfin celui de Syphte.

Elle se rapprocha encore et encore jusqu'à frôler le chef, une muette supplique au fond des yeux, en espérant qu'il comprendrait ses intentions. L'autre être semblait prêt à attaquer. L'ignorant, Ferniel renouvela ses gestes, implorante. Mais face à la terreur et à l'incompréhension du chef, elle opta pour une nouvelle tactique. Délicatement, elle palpa son propre visage à l'endroit lisse sous son nez, tourna la tête de droite à gauche en signe de négation, appuya sur son ventre puis, brusquement, effleura le bombé des lèvres du chef, qui recula en tressaillant.

L'être près de lui dégaina un objet métallique luisant et le pointa sur Ferniel. Le cri du chef le stoppa juste à temps.

— GRINGE, NON ! Je sais ! J'ai compris !

Hésitante, Gringe abaissa son arme sans toutefois la ranger.

— Ce n'est pas d'accouplement dont il s'agit ici ! dis-je d'une voix tremblante d'excitation.

— C'est quoi, alors ? fit Gringe en grinçant des dents.

— J'ai tout compris ! Ils veulent me montrer leur façon de « parler » ! C'est en entrant dans le corps de leur interlocuteur qu'ils communiquent : leur chair émet des signaux !

— Tu en es certain ? demanda Gringe, stupéfaite.

— Oh que oui !

Seulement voilà... Moi, j'étais incapable de supporter le moindre contact physique, quel qu'il soit ! À cause d'un traumatisme profondément ancré dans mes entrailles, j'étais incapable d'apprendre leur façon de «parler» ! Le comble pour un linguiste de mon niveau ! Après la joie, l'accablement et le désarroi s'abattirent sur moi.

Une idée me vint subitement. D'un large mouvement de main, je désignai Gringe à Amande pour qu'ils puissent communiquer ensemble.

— Hein ? fit Gringe, ahurie. C'est toi l'expert ! C'est ton boulot !

Amande avait également eu un mouvement de recul.

— Moi... je ne peux pas... avouai-je.

— Tu ne peux pas quoi ? s'impatienta ma collègue.

Je déglutis péniblement. Je me retrouvais dans une impasse. Impossible d'expliquer mon problème sans dévoiler mon passé !

Face à mon mutisme, Gringe s'énerva de plus belle.

— Qu'est-ce qui te prend bon sang ?!

Mes mâchoires se serrèrent soudain.

— Sors, Gringe, ordonnai-je d'une voix dure. Tu effraies ces créatures. Tu as raison, après tout, c'est moi l'expert, c'est mon boulot... comme tu me l'as si bien fait remarquer.

Stupéfaite par mon ton et par le revirement de situation, ma collègue resta un instant bouche bée, puis, devant mon regard noir, obéit et sortit. À ma grande surprise, Amande congédia également l'autre créature.

Nous étions maintenant face à face. Cet être dépourvu de bouche ne pouvait me comprendre, mais j'avais un impérieux besoin de parler.

— Ce que je vais faire est au-dessus de mes forces, et pourtant j'y suis contraint. Pourquoi a-t-il fallu que ce soit ton langage, Amande ? Entrer en moi alors que je ne supporte pas le contact des autres ! J'ai une de ces trouilles, si tu savais ! Seulement, j'ai tant envie de savoir qui tu es, ce que tu penses, ton mode de vie !

Il s'approcha lentement de moi. Je me raidis, tout en continuant à parler d'une voix tremblotante.

— Je vais te dire pourquoi je ne supporte pas le contact...

Amande s'arrêta alors que son menton se trouvait à cinq centimètres de mon nez.

— J'avais sept ans lorsque... pendant un voyage spatial... mes parents ont été tués... des pirates ont attaqué le vaisseau... ils m'ont torturé... violé, alors que mon esprit était en phase de sommeil commandé... j'étais inconscient... c'est pourquoi je n'ai rien senti... il a fallu que...

Je formulais mes phrases dans le désordre, totalement tétanisé par la détermination que je lisais dans les yeux de la créature qui me fixait.

— ... que je fasse de nombreuses séances d'hypnose pour savoir... comprendre mon aversion pour le contact... Surtout le contact avec les hommes... Parce que les femmes, c'est différent, tu comprends ? Une femme ne m'a jamais fait de mal...

La sueur dégoulinait de mes tempes. De la bile remontait dans ma gorge. Je sentis mes narines se dilater. Une furieuse envie de frapper me fit grincer des dents. Le contact était imminent.

— J'ai peur...

Subitement, un flot de sensations submergea mon cerveau. La douleur. Le dégoût. L'humiliation. La honte.

Je baissai les yeux sur ma poitrine et je vis avec stupeur qu'Amande se coulait en moi. Je laissai échapper un long hurlement... qui resta coincé derrière mes lèvres serrées. J'étais au bord de l'hystérie, prêt à me cogner la tête contre les murs.

— *Non... laisse-moi faire... ne te débats pas... ton corps est marqué de cicatrices profondes... Il souffre...*

Aux prix de nombreux efforts, je réussis à contrôler mon agressivité envers ce corps étranger qui envahissait le mien, et je m'aperçus que ma chair vibrait des pensées d'Amande. Ce n'était même pas une voix sous mon crâne. C'était la communion entre deux corps. Des émotions mises en commun. Je sentais son sang alimenter mes veines, sa chaleur m'envahir. Je me rendis alors compte qu'une partie de ma peur me quittait, laissant la place à une béatitude insolite.

— *Je m'appelle Ferniel,* dit l'extraterrestre avant de quitter mon corps.

Vide. Je me sentais vide. Ferniel me regardait, attendant un signe. Oui, il fallait que je recommence l'expérience, malgré l'aversion toujours présente. Je tendis les bras vers son ventre, puis les ramenai vers le mien. Ses yeux se plissèrent et sa peau devint mauve.

Je discernai mieux cette fois son entrée dans mon corps. Comme si tous mes pores s'ouvraient pour l'accueillir.

— *Quel est ton nom ?*

Garance... Mais comment exprimer ce que ma bouche voulait dire ? Comment diffuser mes pensées à tout son corps qui était en moi ?

— *Garance,* perçus-je.

Ce n'était pas moi qui parlais, mais Ferniel qui répétait mon prénom.

— *Mâle ou femelle ?*

Que j'étais stupide ! Si nous n'arrivions pas à les distinguer, eux non plus !

— *Mâle.*

— *Je suis femelle,* exprima Ferniel.

Subitement, tous mes muscles se relâchèrent. Ce n'était pas un homme qui était en moi ! Le soulagement était tel que le rouge me monta aux joues.

Ferniel me quitta une nouvelle fois. Je la regardai différemment maintenant que je connaissais son sexe. J'avançai une main à l'endroit où la bouche aurait dû se dessiner. J'effleurai sa peau. Elle m'imita. Délicatement. Ce n'est qu'au bout de quelques minutes d'exploration commune que je me rendis compte que son contact ne m'était pas pénible. Au contraire. En entrant en moi, elle avait pansé des chemins de souffrance, cicatrisé des gouffres de tortures. Je voulais renouveler l'expérience. Je voulais en savoir plus. Mieux l'apprendre. Goûter, savourer ce qui m'était auparavant pénible.

D'un mouvement de hanches sensuel, Ferniel se lova tout contre moi, m'enlaça et se fondit dans ma chair totalement détendue et accueillante. Un frisson de plaisir parcourut le bas de mon dos. Jamais je n'avais ressenti une telle complicité avec quelqu'un... une telle communion...

Nous restâmes des heures l'un dans l'autre à assouvir notre soif de connaissance. Ferniel m'apprenait leur langage d'émotions : les différentes couleurs de leur épiderme. Leurs coutumes. Leurs croyances. Je lui apprenais les nôtres.

L'épuisement nous prit par surprise et, alors que je m'allongeais sur ma couche, Ferniel se retira de mon corps, comme l'océan sur le sable, et s'enroula contre moi pour tomber dans le sommeil.

Je ne voulais plus la quitter. Ni elle, ni sa planète. Depuis le traumatisme que j'avais vécu, c'était la première fois que je me sentais si bien. J'avais trouvé en Ferniel une rame solide pour m'aider à pousser, un tuteur inestimable. Une âme sœur sans pareille.

Le langage magique de Ferniel coulait dans mes veines.

Postface
Y a quelqu'un ?

Si, faute de preuves expérimentales, la science ne peut trancher la question de l'existence d'intelligences extraterrestres, rien ne lui interdit de s'amuser à fournir quelques arguments. En 1950, lors d'un déjeuner, le physicien Enrico Fermi souleva le problème de l'existence d'une intelligence extraterrestre en posant la question : « Mais où sont-ils ? » Cette question résume un raisonnement que l'on peut exprimer sous la forme suivante : si des civilisations extraterrestres technologiquement avancées nous ont précédés quelque part dans la Galaxie, et si au moins une d'entre elles a tenté la colonisation galactique, alors on peut calculer qu'elle aurait eu le temps de parcourir toute la Galaxie. Or nous ne voyons pas de traces d'une telle civilisation, donc il n'y a jamais eu de civilisations avancées dans la Galaxie.

Bien triste conclusion pour un raisonnement qui semble impeccable, mais qui fut néanmoins le point de départ d'intenses discussions philosophiques et scientifiques.

Le raisonnement de Fermi repose sur un point clef : le calcul d'une durée plausible de la colonisation de la

Galaxie. Ce calcul se fonde sur une analogie avec la diffusion de la matière (comme celle que l'on observe lorsqu'une goutte d'encre se disperse dans un verre d'eau) et avec la dynamique des populations.

Le scénario est donc construit en deux phases : une expansion spatiale de proche en proche, modélisée par la diffusion, suivie d'une expansion de population. Dans notre Galaxie, qui compte environ cent milliards d'étoiles, la distance moyenne entre deux étoiles est d'environ trois années-lumière. Avec des vaisseaux voyageant à un dixième de la vitesse de la lumière (30 000 kilomètres par seconde), trente ans suffisent à parcourir cette distance. Une fois arrivés à destination, les colons croissent et se multiplient avant de lancer une nouvelle vague de colonisation vers un nouveau monde. Si ce temps de repos est de l'ordre de mille ans, on peut calculer que quarante millions d'années suffisent pour parcourir toute notre Galaxie. En jouant sur les valeurs des paramètres, on obtient toujours le même ordre de grandeur : la Galaxie sera colonisée en quelques dizaines de millions d'années.

La surprise vient de ce que ce temps est bien plus petit que l'âge de notre Galaxie, estimé à dix milliards d'années, et aussi nettement plus faible que la durée de vie de certaines espèces terrestres (les dinosaures ont régné plus de cent soixante millions d'années sur Terre) ; rappelons quand même que l'humanité n'est apparue qu'il y a environ trois millions d'années. Du coup, il semble raisonnable de supposer qu'une civilisation apparue avant nous ait pu coloniser une bonne partie de la Galaxie.

Bien sûr, il est tout à fait possible que le modèle d'expansion proposé soit faux ou approximatif. Par exemple, des propositions se fondent sur la théorie de la percolation, qui permet, entre autres, de décrire la façon dont se propagent les incendies ou dont l'eau circule dans un milieu poreux. Elles montrent que les vagues de colonisation peuvent aussi se terminer par un petit nombre de colonies qui seront regroupées dans des « nuages » dont les frontières seront constituées de civilisations non colonisatrices. Il y aurait alors de vastes régions colonisées, mais aussi de grands vides, dans lesquels la Terre pourrait se trouver.

Assez bizarrement, les critiques les plus nombreuses ne sont pas d'ordre physique mais plutôt sociologiques. Présentons rapidement les plus communes... Selon certains, les civilisations les plus avancées ont autre chose à faire que de coloniser la Galaxie. Soit elles se seraient tournées vers des valeurs spirituelles plus exaltantes, soit elles auraient adopté la croissance zéro chère aux écologistes et se tiendraient tranquillement dans leur coin. D'autres pensent qu'une civilisation avancée a de nombreuses chances de s'autodétruire ou d'épuiser ses ressources, ce qui bloquerait définitivement son évolution. Enfin, l'hypothèse dite « du zoo » suggère que la Terre a déjà été visitée par des extraterrestres, qui se borneraient désormais à nous observer de loin (vu l'ambiance, on les comprend). L'inconvénient de ces explications est que, pour être recevables, il faut qu'elles s'appliquent à toutes les civilisations extraterrestres. Rien n'est moins sûr. Qu'il y ait une seule exception, et elle pourrait coloniser une bonne partie de la Galaxie en quelques dizaines de millions d'années.

Le quatrième point du raisonnement de Fermi mérite aussi quelques commentaires. Avons-nous suffisamment bien regardé autour de nous pour affirmer qu'il n'existe aucune trace d'une civilisation technologiquement avancée dans notre Galaxie ? Il est tout à fait possible que nous n'ayons pas détecté de présence extraterrestre en écoutant les émissions radio — comme le fait le projet SETI (voir encadré) — tout simplement parce que nous n'utilisions pas la bonne gamme de fréquences. Il est en effet raisonnable de penser qu'une civilisation voulant communiquer sur des distances interstellaires utilise des faisceaux laser, des dizaines de millions de fois plus directifs qu'un faisceau micro-onde. Quel intérêt en effet, pour discuter avec vos amis d'Alpha du Centaure, d'arroser toute la Galaxie ? Un peu comme la lumière d'un phare, un faisceau directif n'est visible que si l'on est dans sa direction. On comprend la difficulté d'intercepter des conversations interstellaires fonctionnant sur ce mode. De plus, nos amis extraterrestres ont peut-être décidé de faire des efforts pour ne pas être détectés. On ne sait jamais qui écoute aux portes…

Une autre solution pour entrer en contact avec d'éventuelles intelligences extraterrestres consiste tout simplement à se signaler. La sonde Pioneer 10, qui fut lancée le 2 mars 1972, emportait avec elle une plaque d'aluminium couverte d'or sur laquelle était gravé un message au cas où la sonde serait un jour récupérée par une civilisation avancée. Ce message, conçu par les astrophysiciens Carl Sagan et Frank Drake, montrait un homme et une femme, et donnait, grâce à un astucieux graphisme, la position du Système solaire, la trajectoire de la sonde et la date de son envoi. Après sa rencontre avec Jupiter, Pioneer 10 explora les régions extérieures du système solaire. Le 31 mars 1997, alors que la mission prenait fin de façon formelle, Pioneer 10 était à une distance de dix milliards de kilomètres de la Terre. Nul ne sait si le facteur galactique portera ce message à bon port…

Sera-t-il un jour possible de trancher la question de la vie extraterrestre ? En 1995, les astrophysiciens ont détecté la première planète située en dehors de notre système solaire. Depuis, de considérables efforts de recherche ont permis de découvrir plus de cent trente planètes extra-solaires. La plupart des planètes détectées jusqu'à présent sont au moins aussi grosses que Jupiter. Le but ultime de ces recherches systématiques est bien sûr de découvrir des planètes cousines de la Terre. L'étape suivante, déjà en cours de réflexion, sera d'analyser l'atmosphère de la planète pour y détecter d'éventuels indices de vie. Ce sera l'œuvre de télescopes orbitaux ou de l'un des futurs super-télescopes terrestres. La découverte d'une vie extraterrestre est peut-être pour demain !

Un autre bon moyen de savoir s'il existe vraiment des races extraterrestres pourrait être de se lancer nous-mêmes dans la colonisation de la Galaxie, ou d'une partie de la Galaxie. Vaste ambition… Cette aventure ne semble pas totalement hors de portée, puisqu'il suffit d'être capable de construire de grandes structures artificielles pouvant abriter de vastes populations et de les propulser à une vitesse raisonnable, par exemple un dixième de la vitesse de la lumière. En y mettant les moyens adéquats, la construction de telles structures pourrait prendre quelques dizaines d'années. Il n'est nullement besoin d'inventer un système de propulsion révolutionnaire, comme les *warp drive* de *Star Trek*, ou de prendre le raccourci de l'hyperespace. En principe, la physique et la technique actuelles sont suffisantes pour que nous puissions nous lancer dans la conquête des étoiles voisines. La difficulté ne réside que dans l'énormité de la tâche et des moyens à mettre en œuvre.

Si nous avons de la chance, il se pourrait que nous rencontrions des voisins galactiques. À moins que le spectacle désolant de notre civilisation ne nous permette déjà de trancher la question en affirmant comme Calvin — le petit garçon de la bande dessinée de Bill Watteson, *Calvin & Hobbes* —, contemplant une décharge sauvage en pleine forêt : « Parfois je me demande si la meilleure preuve qu'il existe des espèces *intelligentes* quelque part dans l'Univers c'est qu'aucune d'entre elles n'a encore essayé de nous contacter. »

Roland Lehoucq

Le projet Search for ExtraTerrestrial Intelligence (SETI)

La question de l'existence d'autres formes de vie intelligente dans l'Univers prit un tour nouveau en 1959. Cette année-là, des scientifiques proposèrent d'utiliser les antennes de radioastronomie pour écouter d'éventuelles émissions extraterrestres. L'année suivante, le radioastronome Frank Drake fondait le projet Ozma en utilisant l'antenne de Green Bank, en Virginie occidentale, pour écouter l'étoile epsilon de la constellation de l'Éridan. Au bout d'un mois de recherche, Drake dut se rendre à l'évidence : il n'avait capté aucun signal valable. Cette tentative fut la première d'une longue série.

Le 12 octobre 1992, date symbolique marquant le cinqcentième anniversaire de la découverte du Nouveau Monde par Christophe Colomb, la NASA mit en service un dispositif révolutionnaire, le MultiChannel Spectral Analyser, plus connu sous le nom de MegaSETI. Son rôle était d'assurer une veille permanente du ciel en quête d'un signal artificiel. Les célèbres radiotélescopes d'Arecibo, de Nancay et de Parkes participaient à ce programme. Les performances du récepteur étaient telles que l'antenne d'Arecibo pouvait exécuter en une fraction de seconde ce que le projet Ozma avait fait en deux cents heures !

Moins d'un an plus tard, le Congrès américain annulait brutalement le financement de MegaSETI. Plusieurs institutions et fondations privées reprirent le flambeau à leur propre compte, et la SETI League naquit des cendres des projets SETI de la NASA. Ainsi l'université de Berkeley (Californie) mit-elle sur pied le projet SERENDIP (Search for Extraterrestrial Radio Emissions from Nearby Developed Intelligent Populations), qui en est aujourd'hui à sa quatrième génération. SERENDIP IV dispose de l'antenne de 305 mètres d'Arecibo et se présente sous la forme d'un globe hémisphérique de quelques mètres de diamètre installé au sommet de l'antenne réceptrice. Il utilise un scanner écoutant simultanément cent six millions de canaux et fonctionne en temps réel, indépendamment des programmes d'observation.

En 1996, devant la quantité de signaux à traiter et connaissant l'engouement du public envers le programme SETI, deux scientifiques eurent l'idée ingénieuse d'utiliser Internet comme superordinateur pour traiter les données du projet SERENDIP IV. Le système, baptisé SETI@home, permet aujourd'hui à tout utilisateur pourvu d'une connexion Internet de prêter du temps de calcul de son ordinateur pour analyser la masse considérable de signaux captés. Plusieurs millions de personnes ont adhéré à ce projet, dont plus de six cent mille régulièrement actives !

Sites utiles :

Histoire du programme SETI : http://www.astrosurf.com/lombry/seti.htm

Le site français de la SETI League : http://setileague.free.fr/

Pour participer au projet SETI : http://setiathome.free.fr/

Roland Lehoucq (trente-neuf ans) est astrophysicien au service d'astrophysique du Commissariat à l'énergie atomique de Saclay (Essonne). C'est l'un des spécialistes français de la topologie cosmique, discipline qui se fixe pour but la mise au point de méthodes propres à déterminer la forme globale de l'Univers.

Passionné par la diffusion des connaissances scientifiques, il a collaboré trois ans durant au mensuel *Pour la science*, tient depuis six ans une rubrique scientifique dans la revue de science-fiction *Bifrost* et parraine chaque année plusieurs classes d'écoles primaires pour familiariser les enfants à l'astronomie et à la découverte scientifique.

Il a écrit près de soixante-dix articles de vulgarisation dans diverses revues scientifiques adressées au grand public (*Pour la science, La Recherche, Science et vie junior, Ça m'intéresse, Science et avenir*). Il a aussi publié six ouvrages, dont récemment *Le Soleil, notre étoile* (Le Pommier, 2004) et *Mais où est donc le temple du Soleil, enquête scientifique au pays d'Hergé* (Flammarion, 2003).

Table des matières

Des mêmes auteurs dans la même collection :

Pierre Bordage
Kaena (n° 15)

Fabrice Colin
« Potentiel humain 0,487 »,
nouvelle parue dans *Les Visages de l'humain* (n° 7)
Les Enfants de la Lune (n° 9)
Projet oXatan (n° 13)
CyberPan (n° 20)
Le Mensonge du siècle (n° 28)

Jean-Pierre Hubert
« Le Septième Clone »,
nouvelle parue dans *Graines de futurs* (n° 1)
Les Cendres de Ligna (n° 2)
« Forêts virtuelles »,
nouvelle parue dans *Les Visages de l'humain* (n° 7)
Sa Majesté des clones (n° 12)
« Le temps d'aimer est bien court »,
nouvelle parue dans *Demain la Terre* (n° 17)
Les Sonneurs noirs (n° 23)

Nathalie Le Gendre
Dans les larmes de Gaïa (n° 22)
Môsa Wòsa (n° 24)
Automates (n° 30)

Danielle Martinigol
« Le Souffle d'Éole »,
nouvelle en collaboration avec Alain Grousset
parue dans *Graines de futurs* (n° 1)
Les Abîmes d'Autremer (n° 5)
« Les Chiens de Mer »,
nouvelle parue dans *Demain la Terre* (n° 17)
L'Envol de l'Abîme (n° 25)

Joëlle Wintrebert
« L'Oasis »,
nouvelle parue dans *Graines de futurs* (n° 1)

L'anthologiste : Denis GUIOT

Denis Guiot est né en 1948 à Toulon. Après des études d'ingénieur aux Arts et Métiers, il choisit l'enseignement… et la science-fiction.

*Depuis 1974, il a travaillé comme critique littéraire dans pratiquement toutes les revues spécialisées de science-fiction (*Fiction, Mouvance, Futurs, Galaxies, *etc.), mais aussi dans* Télérama, L'Étudiant, *etc. Actuellement, il collabore à* Phosphore, *magazine pour lycéens dont il s'enorgueillit de tenir la rubrique SF depuis le numéro 1 daté de février 1981 !*

*Denis Guiot est aussi anthologiste (*Pardonnez-nous vos enfances, *1978,* Utopiae, *2000), conférencier-formateur, collaborateur à* L'Encyclopaedia Universalis *et essayiste (*Le Monde de la science-fiction, *1987). Son* Dictionnaire de la science-fiction *(en collaboration avec Alain Laurie et Stéphane Nicot, Le Livre de Poche Jeunesse, 1998), à l'intention des jeunes et des prescripteurs, a été qualifié par Jacques Baudou du* Monde *de « belle machine à donner envie de lire de la SF ».*

Ardent promoteur et spécialiste incontesté de la SF pour la jeunesse, il a sélectionné les premiers titres de science-fiction de la collection « Pleine Lune » chez Nathan (dont Les Mange-Forêts, *de Kim Aldany), puis lancé en 1996 la collection « Vertige Science-Fiction » chez Hachette Jeunesse qu'il dirigera pendant quatre ans, avant de rejoindre en janvier 2000 les éditions Mango pour créer la collection « Autres Mondes ».*

Après Graines de futurs, Les Visages de l'humain *et* Demain la Terre, Premiers Contacts *est la quatrième anthologie qu'il dirige pour « Autres Mondes ».*

Denis Guiot vit en région parisienne et enseigne au Lycée Dorian (Paris 11ᵉ).

L'illustrateur : Philippe MUNCH

Né à Colmar en 1959, Philippe Munch vit actuellement à Strasbourg. Il a toujours été passionné par le dessin et la lecture, ce qui l'a naturellement amené à la bande dessinée (premières réalisations en 1966 !). Après des débuts professionnels dans la BD, il se tourne vers l'illustration en 1984. Les plus grands éditeurs l'accueilleront : Gallimard, Casterman, Nathan, Hachette Jeunesse, Albin Michel, etc.

C'est dans le domaine de l'illustration qu'il peut renouer avec la SF et la fantasy, *ses domaines de prédilection. C'est ainsi qu'il a illustré* Le Seigneur des Anneaux, *de Tolkien (Gallimard),* Les Aventures de Kerri et Megane, *de Kim Aldany (Nathan),* Le Maître de Juventa, *de Robert Belfiore (Hachette Jeunesse), la trilogie de* La Moïra, *d'Henri Loevenbruck (Bragelonne) et, surtout,* Rougemuraille, *de Brian Jacques (Mango), dont les somptueuses couvertures ont largement contribué au succès de la série.*

Avec Manchu, il est l'illustrateur attitré de la collection « Autres Mondes ». Ses couvertures de Sa Majesté des clones, *de Jean-Pierre Hubert, des deux romans d'Éric Simard,* Les Chimères de la mort *et* L'Oracle d'Égypte, *et, tout récemment, de* Mósa Wòsa, *de Nathalie Le Gendre, ont été particulièrement remarquées.*

Premiers Contacts *est sa dixième couverture pour « Autres Mondes ».*

« Mais si l'espace me fascine, précise Philippe Munch, je n'en reste pas moins passionné par une planète particulière, la Terre, que j'essaie de découvrir au fil de nombreux voyages faits en compagnie de ma compagne et mon fils. »

Et de conclure : « Je suis également très bon au babyfoot. Surtout à l'arrière. »

AUTRES MONDES

Collection dirigée par Denis Guiot
Pour tout lecteur, de onze à cent onze ans

Une exploration passionnante
de l'imaginaire de science-fiction :
réalités virtuelles et truquées, planètes lointaines,
rencontres avec des extraterrestres,
mondes parallèles, voyages dans le temps,
sociétés futures, *Homo futuris*…

Autres Mondes :
une littérature de sens et d'émotions

« Un des partis pris de cette nouvelle collection de Mango
intitulée Autres Mondes et dirigée par Denis Guiot,
parfait connaisseur de la science-fiction jeunesse,
est de stimuler autant l'imagination que la réflexion. »
Frédérique Roussel, Libération.

Vous avez aimé ce roman, découvrez sur le site
AUTRES MONDES
tous les titres de la collection
et beaucoup d'autres informations :
extraits, biographies des auteurs, reportages,
dossiers pour les enseignants.

www.noosfere.net/autres-mondes

TITRES DÉJÀ PARUS

1. Graines de futurs
Anthologie dirigée par Denis Guiot

2. Les Cendres de Ligna *par Jean-Pierre Hubert*

3. L'Œil des dieux *par Ange*

4. Le Souffle de Mars *par Christophe Lambert*

5. Les Abîmes d'Autremer (Trilogie des Abîmes, tome 1)
par Danielle Martinigol

6. Squatteur de rêve ! *par Dany Jeury*

7. Les Visages de l'humain
Anthologie dirigée par Denis Guiot

8. Les Chimères de la mort *par Éric Simard*

9. Les Enfants de la Lune *par Fabrice Colin*

10. Clone connexion *par Christophe Lambert*

11. Les Rebelles de Gandahar *par Jean-Pierre Andrevon*

12. Sa Majesté des clones *par Jean-Pierre Hubert*

13. Projet oXatan *par Fabrice Colin*

14. Souviens-toi d'Alamo ! *par Christophe Lambert*

15. Kaena, la prophétie *par Pierre Bordage*

16. Allers simples pour le futur *par Christian Grenier*

17. Demain la Terre
Anthologie dirigée par Denis Guiot

18. L'Oracle d'Égypte *par Éric Simard*

19. Mission Brume *par Christian Léourier*

20. CyberPan *par Fabrice Colin*

21. Petit Frère *par Christophe Lambert*

22. Dans les larmes de Gaïa *par Nathalie Le Gendre*

23. Les Sonneurs noirs *par Jean-Pierre Hubert*

24. Mósa Wòsa *par Nathalie Le Gendre*

25. L'Envol de l'Abîme (Trilogie des Abîmes, tome 2)
par Danielle Martinigol

26. La Loi du plus beau *par Christophe Lambert*

27. Sprague *par Rodolphe*

28. Le Mensonge du siècle *par Fabrice Colin*

29. Sohane l'insoumise *par Éric Simard*

30. Automates *de Nathalie Le Gendre*

31. Premiers Contacts
Anthologie dirigée par Denis Guiot

À PARAÎTRE EN MAI 2005

32 – L'Exilé de Gandahar
de Jean-Pierre Andrevon

En explorant l'épave rouillée d'un vieux vaisseau spatial échoué dans la mer Aimable, le chevalier Sylvin Lanvère se retrouve projeté il y a trois mille ans sur Terre, au moment où des arches stellaires quittent la planète à l'agonie, ravagée par la pollution. Sylvin Lanvère parviendra-t-il à retrouver sa compagne, la douce Airelle, qu'il a laissée à des centaines d'années-lumière et trois mille ans dans le… futur ?

Impression réalisée sur CAMERON
par BRODARD & TAUPIN, La Flèche
1ère impression : avril 2005
N° d'impression : 28484
Imprimé en France